猫又ぬこ
Illust. 千種みのり
オタク知識ゼロの俺
なぜか男嫌いな
ギャルと
オタ活を
楽しむことになったんだが
2
OTA
KATSU

CONTENTS

OTAKATSU

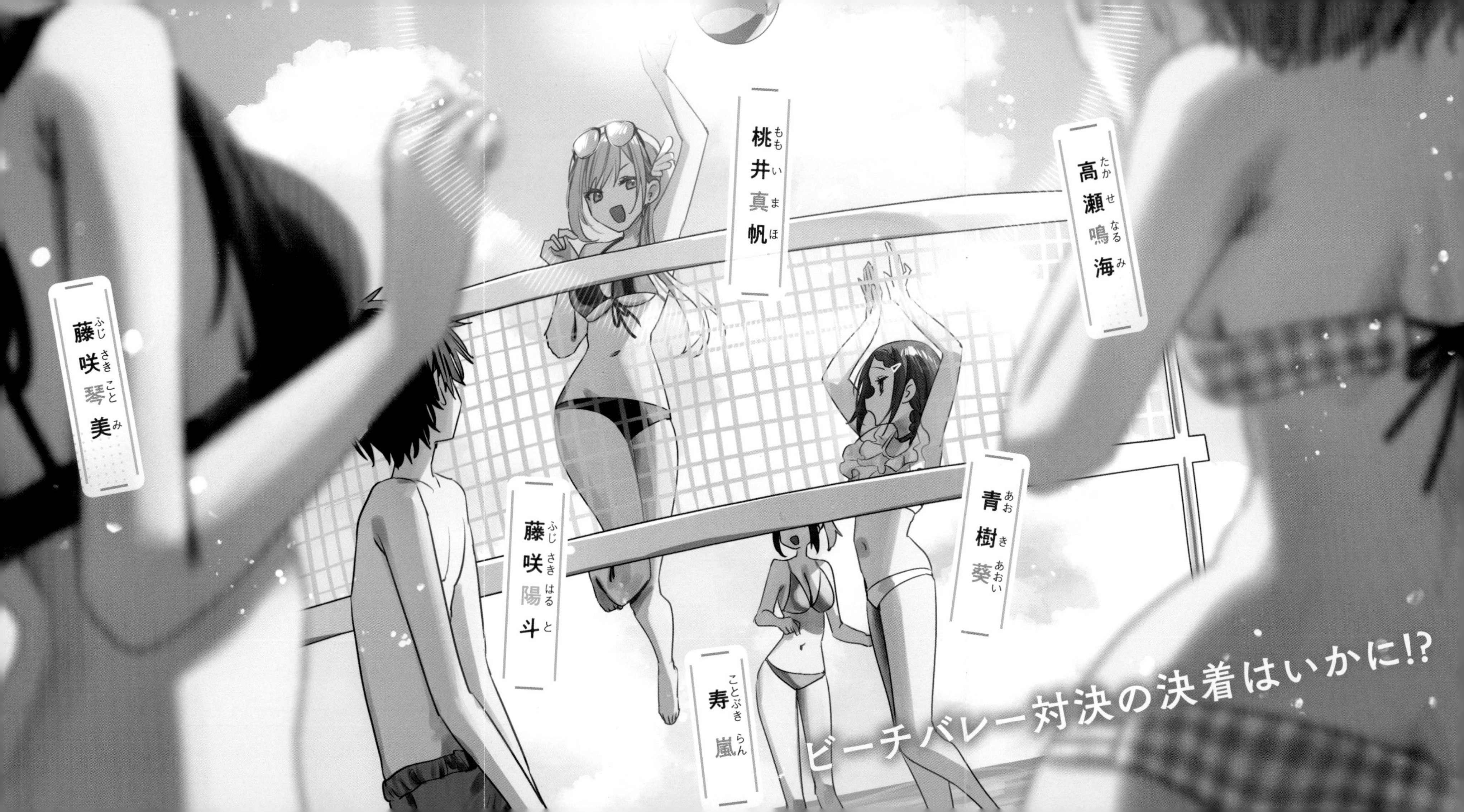

高《たか》瀬《せ》鳴《なる》海《み》
桃《もも》井《い》真《ま》帆《ほ》
青《あお》樹《き》葵《あおい》
寿《ことぶき》嵐《らん》
藤《ふじ》咲《さき》陽《はる》斗《と》
藤《ふじ》咲《さき》琴《こと》美《み》
ビーチバレー対決の決着はいかに!?

「かかってきなさい！」
Vネックの隙間から谷間が見えている！
俺は咄嗟に目を逸らした。

ダッシュエックス文庫

オタク知識ゼロの俺が、なぜか男嫌いなギャルとオタ活を楽しむことになったんだが2

猫又ぬこ

序幕　ネトゲ夫婦のチャットログ

【まほりん】あ、来た来た！　漆黒《しっこく》くんならログインすると思ったよ！

【漆黒夜叉】まほりんならいると思ったぜ！

【まほりん】異世界ホームルームだよねっ？

【漆黒夜叉】もち！　明日にしようかなって思ったけど、すぐにまほりんと語りたくて！

【まほりん】私もだよっ！　一話から一貫して面白《おもしろ》かったけど最終話の盛り上がりは尋常《じんじょう》じゃなかったもんね！　風紀委員長との合流――からの共闘！

【漆黒夜叉】不良組も改心してて感動したよな！

【まほりん】したした！　先生が駆けつけるところとか泣いちゃった！

【漆黒夜叉】それなっ！　展開知ってたけど点呼《てんこ》取るシーンとかめっちゃ感動した！　しかも最後の最後に『二期決定！』ってドーンと出てきたし！　びっくりして変な声出たw
【まほりん】私もw　琴美《ことみ》さんも叫んでそうだね
【漆黒夜叉】めっちゃ叫んでたw

【まほりん】やっぱりw　ところで漆黒くん、今日は何時頃寝る予定？

【漆黒夜叉】あと一時間は眠れそうにないな
【まほりん】じゃあ通話しない？

【まほりん】おーい
【まほりん】漆黒くーん？

【漆黒夜叉】ごめんごめんトイレ行ってて！　そりゃオレとしてもまほりんと電話で感想語り合いたいけど残念ながらスマホどっか行っちゃったんだよなー。捜せば見つかると思うけど、いつになるかわからないしさ！　それまでまほりんを待たせるのも悪いだろ？　そんなわけでこのままチャットを続けたほうが有意義に時間を使えると思うんだけど、どう思う？

【まほりん】電話して鳴らしてみよっか？

【漆黒夜叉】待って待って！

【漆黒夜叉】見つかった！

【まほりん】よかったね。じゃあ通話する？

【まほりん】おーい
【まほりん】電話はしたくない感じ？

【漆黒夜叉】違う違う！　電話はしたいよマジで！　だけどいま確認したら琴美が寝てて！まほりんと通話したらぜったい盛り上がって叫ぶと思うし！　そしたら琴美が起きるから！

【まほりん】さっき叫んでたんじゃないの？

【漆黒夜叉】琴美は寝付きがいいんだよ！

【まほりん】そっかー。じゃあ今日のところはチャットだねっ！　またオタ活するときにでも語ろ！

【漆黒夜叉】オレとふたりで？

【まほりん】琴美さんも一緒に！

【漆黒夜叉】ありがとな！　琴美が喜ぶぜ！　べつに女子だけで話してくれてもいいけどな！

【まほりん】漆黒くんひとりを仲間外れにはしないからっ！　でさ、話変わるけど明後日《あさって》から熱血戦姫《せんき》のキャンペーン始まるの知ってる？

【漆黒夜叉】もちろん。コンビニでアイスを二個買ったらクリアファイルがもらえるんだろ？　全部可愛《かわい》いけど、特に全員集合のイラストは神ってたな！

【まほりん】わかる！　コンビニ前のベンチでアイスを食べてるイラストだよねっ！　アイス落とした熱血ちゃんに微熱ちゃんが自分のアイスを食べさせてるのがほんと尊いｗ
【漆黒夜叉】それなっ。てか熱血ちゃんも微熱ちゃんも知恵熱ちゃんも熱愛ちゃんも、みんな可愛いんだよなー。全種欲しくなってきた！

【まほりん】ああいうのって外では使いづらいけどコンプしたくなっちゃうよね！

【漆黒夜叉】そうそうっ！　ただお金がないんだよなー。とりあえず全員集合のは手に入れるとして、あとは財布《さいふ》と相談かな。まほりんはどうする？

【まほりん】コンプ一択！　特に微熱ちゃんはぜったいゲットする！

【漆黒夜叉】まほりんってほんと微熱ちゃん好きだよな
【まほりん】私って妹キャラは無条件で好きになるタイプだから。しかも微熱ちゃんって私と誕生日同じなの！

【漆黒夜叉】マジで？　七月二日ってあと二週間じゃん！

【まほりん】即答すご！　微熱ちゃんの誕生日知ってたの？

【漆黒夜叉】こないだの原画展でプロフィール見たから
【まほりん】それでかー。ちなみに漆黒くんの誕生日は？

【漆黒夜叉】ドリステのミオミオと同じ日！

【まほりん】嘘《うそ》!?　いいなー。でもしばらく先だね。その日まで漆黒くんには先輩って呼んでもらおうかなw
【漆黒夜叉】まほりん先輩にお話があります！

【まほりん】なんだね後輩くん
【漆黒夜叉】プレゼントなにがいい？

【まほりん】プレゼントかー。やっぱりアニメグッズがいいかな。くれるの？

【漆黒夜叉】もちろんだ！　最高のプレゼントを用意するぜ！

【まほりん】ありがと！　じゃあ期待しちゃおうかなっ！

第一幕 妹とネトゲ嫁のために頑張った

六月下旬の金曜日——。四時間目の授業が終わり、先生が廊下に出た瞬間、張りつめていた教室の空気が一気に緩《ゆる》む。

クラスメイトの楽しげな声が響くなか、カバンから弁当箱を取り出していると、左隣に座る女子——高瀬鳴海《たかせなるみ》が気持ちよさそうに伸びをした。

「うぅ～ん、やっとお昼だ～。あれ？　真帆《まほ》っちどこ行くの？」

「先生に質問したいことがあって。先に食べてていいからね」

「おお、真帆っちは頑張り屋だねぇ。いってらっしゃーい」

ひらひらと手を振り、うきうきした様子で弁当箱を机に置く高瀬。ふと俺の視線に気づき、にこっと笑いかけてきた。

「藤咲《ふじさき》くんは今日もお弁当なんだね」

「学食は並ばないとだからな。最近めっちゃ腹減るし、待ち時間が耐えられないんだよ」

「わかるっ。私なんか二時間目が終わる頃にはお腹《なか》ぺこぺこだもん。お互い成長期が来てるのかもねっ」

「かもな。高瀬もデカくなってる気がするし」

「ほんとっ？　だったら嬉《うれ》しいなぁ。あ、でも藤咲くんはそれ以上大きくならないほうがいいかも」

「あー……まあ、あんまりデカくなりすぎると威圧《いあつ》感がな……」

「藤咲くんは優しいから、大きくなっても威圧感はないよ」

「マジで？」

「うん。ただほら、ドアのところに頭ぶつけちゃいそうじゃん？」

「そういうことか。だったらいまのうちに頭を鍛《きた》えといたほうがよさそうだな」

「あはは、避《よ》ける気はないんだね。じゃあ私は怪我《けが》したときのために絆創膏《ばんそうこう》を用意しておこうかな」

　他愛《たあい》もない会話なのに、高瀬は楽しそうにしてくれている。そんな彼女の笑みを見ていると、自然と頰《ほお》が緩んでしまう。

　やっぱり高瀬は可愛《かわい》いなぁ……。高く明るい声も、人形みたいなくりっとした瞳《ひとみ》も、肩まで伸びた透き通るような茶髪も、小柄で華奢《きゃしゃ》な身体《からだ》も、なにもかもが愛《いと》おしい。

　背が高く強面《こわもて》の俺は、初対面の相手——特に女子から怖がられることが多い。慣れてくれれば普通に接してもらえるが、最初は警戒《けいかい》され、距離を取られてしまう。

なのに高瀬は入学早々、初対面にもかかわらず『うわー、背が高いねー。かっこいい！』と親しげに笑いかけてくれた。

あの日からじきに一年と三カ月。いまだに片思いが続いているが、先月の席替えで隣の席を射止《いと》めることができ、こうして気軽に談笑できる仲にまでなれた。

この調子で高瀬と親睦《しんぼく》を深め、一学期が終わる前に連絡先をゲットしたい。そして夏休みに遊びに誘えるようになりたい！

学食派から弁当派に鞍替《くらが》えしたのも、高瀬と仲良くなるためだ。いつもはすぐに食べ始めるのであまり話せないが、高瀬は友達を待っている様子。いまのうちにどんどん親睦を深めよう。

「ところで学食ってどれくらい混《こ》むの？」

「興味あるのか？」

「一回くらい学食で食べてみたいなーって。行列とかできるの？」

「できるぞ。券売機の前にズラーッとな。しかも人気メニューは即完売。一年のときは教室が近かったから間に合ったけど、二年になってからは一度も食えてないんだよな」

「人気メニューかぁ。やっぱりカレー？」

「惜《お》しい。最初に『カ』がつくのは合ってるぞ」

「えー、なんだろ？　カルボナーラとか？」

「カルボナーラは見たことないな。ヒントいる？」

「くれるならちょーだいっ」

「じゃあヒント。一番人気は縁起《えんぎ》がいい食べ物だ」

腕組みして首を捻《ひね》り、「縁起がいい、縁起がいい……」と呟《つぶや》く高瀬。


「鳴ちゃん、お待たせ」


そんな高瀬に派手《はで》な女子が声をかけた。

サラサラとした天然物のブロンドを腰まで伸ばした碧眼《へきがん》の女子——桃井《ももい》真帆に声をかけられ、高瀬がパッと笑顔になる。

高瀬との交流タイムはこれで終わりか。もっと話したかったぜ……。先生に質問があるって言ってたけど、高瀬のために早めに切り上げてきたのかね。

「なにじろじろ見てんのよ」

「べつに見てない」

気の強そうな青い瞳でじろりと見られ、俺はすぐさま目を逸《そ》らした。すると高瀬が仲を取り持つように手を叩《たた》き、

「そうそうっ。いまね、学食で一番人気のメニューを当てるゲームしてたんだー。藤咲くんが言うには、縁起がいい食べ物なんだって。真帆っちはなんだと思う？」

「おせちでしょ」

「学食におせちはねえよ」

「ヒントは『カ』から始まる食べ物だって」

「かまぼこでしょ」

「高校生が学食でかまぼこ頼むかよ」

「縁起物って言ったのはそっちでしょ。さっさと正解言いなさい」

「正解はカツカレーだ」

「それのどこが縁起がいいのよ」

「ゲン担《かつ》ぎだ。名前に『勝つ』がついてるだろ?」

「なにそれ。ダジャレじゃない」

「いいんだよゲン担ぎはダジャレで。てか、カツカレーの縁起の良さを知らないのに、なんでかまぼこが縁起物だって知ってるんだよ」

「おせちの説明書に書いてあったのよ。ていうか気安く話しかけないで」

ぎろっと俺を睨《にら》み、桃井は吐き捨てるようにそう言うが……わずかに眉《まゆ》を下げ、どことなく申し訳なさそうにも見えた。

実際、心苦しく思っているのだろう。

桃井はその美貌《びぼう》と同じくらい男嫌いとして有名だが、実のところ、男に対する冷たい態度は演技なのだから。

高瀬一筋の俺から見ても、桃井は美人だ。金髪碧眼のハーフで、そのうえ巨乳でお金持ち。

そのため男にモテまくり、中学の頃は嫉妬《しっと》した女子から苛《いじ》められていたらしい。

だから桃井は自衛のために――男子を遠ざけ、女子の嫉妬を抑えるために、男嫌いを装っているのだ。

かつての俺はそんな事情を知らず、ただただ嫌な奴《やつ》だと思っていた。

もちろん、いまは違う。桃井が本当は良い奴だって知ってるし、冷たくされても受け流せるようになった。

「ところで先生に質問はできたの？」

高瀬に話しかけられた途端《とたん》、桃井がにこやかな顔をする。

「ちゃんと質問できたわ。待っててくれてありがとね」

「ご飯は友達と食べてこそだからねっ」

「琴美《ことみ》さんも、待たせてごめんね？」

桃井が俺の右隣に座る女子に声をかけた。

「ううん、平気……」

艶《つや》やかな黒髪を二つに結んだ猫背気味の女子――俺の双子《ふたご》の妹である琴美はぼそっと言うと、ちらりと俺に目配せしてきた。

「ハルにぃ、ごめん……」

「おう」

俺は弁当箱を手に立ち上がり、琴美と席を交換する。

俺の前席の主は学食派だ。しばらく戻ってこないので、そっちに座ってほしいところだが、気弱な琴美は空《あ》いているとはいえ他人の席に座ることができないのだ。

妹の席で弁当を食べながら、桃井たちの会話に耳を傾ける。

「あら？　琴美さん、いつもと弁当箱が違うわね」

「ほんとだ。ちょっと小さくなってる。いつものは壊れたの？」

「う、うん」

「可愛かったのに残念ね」

「うん……」

「じゃあ、いただきます、いただきますしよっか」

いただきます、と手を合わせ、三人は食事を始めた。

いまのところ琴美は全然話せてないが、長らくぼっち生活を送っていた琴美にしてみれば、一緒に食事するだけでも飛躍的な進歩だ。根暗《ねくら》で恥《は》ずかしがり屋で、休み時間は寝たふりして過ごしていた妹が、こうして友達と食事できるようになるなんて……。

それもこれもオフ会のおかげだ。

四〇日ほど前、琴美にネトゲ嫁がいることが発覚した。ネトゲ嫁とオフ会することになったものの、琴美はネトゲでは『漆黒夜叉《ダークネスダーク》』なるハンドルネームで、陽気な男のふりをしていた。しかしリアルの琴美は人見知りかつ口下手《くちべた》だ。直接対面すれば緊張して話が弾《はず》まず、ネトゲ嫁に嫌われるかもと心配していた。

そこで琴美はオフ会前夜、俺に替え玉になってほしいと頼んできた。

直前に頼むのはどうかと思うが、琴美にとってネトゲは心の拠《よ》り所だ。妹の大事な居場所を守るため、俺は一夜漬《いちやづ》けでオタク知識を身につけてオフ会に挑み、ネトゲ嫁の『まほりん』が桃井真帆だと知ることになった。

学校では隠しているが、桃井は筋金《すじがね》入りのオタクだったのだ。

その熱量に圧倒されつつも、替え玉だとバレることなくオフ会は無事成功。桃井は俺とのオフ会を楽しんでくれたようだったが、別れ際に釘《くぎ》を刺された。

――自分たちはあくまでネトゲの夫婦であり、リアルでそういう関係になることはない、と。

つまるところ桃井は俺に『惚《ほ》れるな』と言いたいわけで、俺は『イエス』と答えた。桃井が美人なのは認めざるを得ないが、俺は高瀬に片思いしているのだから。どれだけ桃井と仲良くなろうと、彼女に惚れることはない。

そして二度のオフ会を経て、『藤咲陽斗《はると》は桃井真帆に惚れない』と信じてくれたのだろう。

桃井は俺に『恋人のふりをしてほしい』と頼んできた。

いわく、仲良くしている女子に──高瀬鳴海と寿嵐《ことぶきらん》と青樹葵《あおきあおい》に恋人ができ、自分だけ恋人がいないと孤立するかもと不安になり、恋人がいると見栄《みえ》を張ってしまったらしく……。後腐《あとくさ》れなく別れられるように、桃井に興味を示さない俺に白羽の矢が立ったのだ。

……まあ、高瀬たちに恋人などいなかったのだが。

しかし祝福ムードだったので『実は付き合っているふりでした』とは言い出せず、いまだに俺たちは付き合っていることになっている。

それを知っているのは高瀬と寿と青樹だけなので、男連中に嫉妬されずに平和な学校生活を送れているが。

「琴美さんのお弁当、今日も美味《おい》しそうね」

「ありがと。お母さんが聞いたら喜ぶよ」

「藤咲さんは料理しないの？」

「う、うん……」

「好きなおかずを詰め込めるし、やってみると意外と楽しいし、いいこと尽くめだよ？」

桃井がくすりと笑う。

「だからって、鳴ちゃんは好きなおかずを詰め込みすぎよ。琴美さんもそう思わない？」

「うん。お肉がいっぱいだね」

「ね。毎日こんなにお肉を食べてるのに、その体型を維持《いじ》できるってすごいわね」

「毎日バスケしてますからっ」

「中学の頃からしてるのよね？」

「まあね。いまではバスケの虜《とりこ》だけど、入部のきっかけはバスケすれば背が伸びるって聞いたからなんだよ」

「当時は何センチだったの？」

「一四〇センチもなかったかなー」

「いま一五五くらいよね？　ずいぶん伸びたわね」

「いっぱいジャンプしたから、そのおかげかなっ。でも真帆っちが羨《うらや》ましいよ。一七〇センチくらいあるんじゃない？」

「そこまではないわよ。琴美さんと同じくらいじゃないかしら？」

「藤咲さんは……一六五くらい？」

「う、うん」

「いいなー。兄妹揃《そろ》って背が高いよね。お父さんとお母さんも背が高いの？」

「うん」

桃井と高瀬が話を振ってくれてるのに、琴美は短い相《あい》づちを打つばかり。

今日に限らず、いつもこの調子だ。桃井とならまともに話せるが、高瀬相手だと『うん』としか答えない。

理由はふたつある。

ひとつは、高瀬に人見知りしているから。

もうひとつは話題がアニメ絡《がら》みじゃないから。

桃井と友達になったときみたいに一度でも会話が弾めば緊張はほぐれるだろうけど、オタクトークを封じられている以上、それは難しい。

もちろん、誰と仲良くなるかは琴美の自由だ。琴美が自《みず》ら望んでぼっちになっているのなら、べつに無理して高瀬と仲良くなる必要はない。

だけど俺は妹が友達を欲していることを知っている。

高瀬と仲良くなりたがっていることも知っている。

その証拠に、琴美はわざわざバスケットボール柄の弁当箱に買い換えた。バスケ部の高瀬に興味を持ってもらい、会話の糸口にするためだ。

けっきょく高瀬に気づいてもらえず、いつものように相づちマシーンになってしまったわけだけど。

それでも今日は心なしか相づちの回数が多い気がするし、琴美なりに頑張っているのだろう。この調子で成長すれば、賑《にぎ》やかに食事を楽しめる日も来るはずだ。

いつか兄妹揃って高瀬と楽しく食事できる日を夢見つつ、俺は弁当を味わうのだった。

◆

その日の夜。

夕食と風呂を済ませた俺は早々に宿題を終わらせて、一学期の復習に取り組んでいた。七月上旬から五日間にわたって期末試験が行われるため、その勉強をしているところだ。

元々勉強は好きではなく、中学の頃は試験直前に慌《あわ》てて勉強するタイプだったが、高校生になって俺は生まれ変わった。

高瀬が勉強音痴《おんち》だと知り、俺の賢《かしこ》さが伝われば、勉強で困ったときに頼りにしてもらえるんじゃないか――。そんな期待を胸に秘め、こうして勉強するようになったのだ。

そして先月、ついにその瞬間が訪れた。桃井と高瀬と三人で勉強会を開催することになり、熱心に教えたところ、『藤咲くんって優しいんだね』と言ってもらうことができた。

前回、頼りがいをアピールできたのだ。今回も頼ってもらえるかもしれない。その流れで『期末試験が終わったら遊びたいね』『海とか行きたいよな!』『いいね。海に行こうか!』みたいな会話に持ちこめるかもしれない。高瀬の水着姿、あまりにも見たすぎる……。

そんな理想の夏を過ごすためにも、張り切って勉強しなければ!

『ハルにぃ、起きてる？』

ノック音とともに琴美の声が聞こえたのは、二一時を過ぎた頃だった。

起きてるぞー、とドア越しに告げると、琴美が遠慮がちにドアを開けた。アニメTシャツと五分丈《ごぶたけ》ズボンに身を包んだ琴美は、なんだか泣きそうな顔をしていた。

「どうした琴美？」

「……ハルにぃに、助けてほしいの」

「宿題が難しいのか？」

「それも助けてほしいけど、宿題じゃなくて……」

「部屋に虫が出たとか？」

「ううん。虫でもなくて……」

琴美は気まずそうに目を伏せ、言いよどんでいる。

この顔には見覚えがあった。先月からよく目にする表情だ。

「……もしかして、まほりん絡みか？」

琴美は、小さくうなずいた。

「まほりん絡み……」

「そっか。またオフ会か」

琴美は中二の夏から【Life of farmer】なるネトゲをやっている。農場経営者として生計を立てるスローライフ系のゲームで、ほかの農場経営者——プレイヤーとも触れ合えるらしい。

そんなネトゲの世界で、琴美はまほりんと結婚した。

結婚すると夫婦の歩みとしてチャットログが残るらしく、見返したくなるくらいチャットが楽しいので結婚したのだとか。

そしてまほりんとのチャット内容はアニメとマンガとゲームだ。つまりオフ会ではネトゲと同じく、アニメとマンガとゲームの話題が飛び交《か》うことになる。

が、俺はアニメにもマンガにもゲームにも興味がない。当然、知識だってない。

アニメならドラ●もん、マンガなら鬼●の刃《やいば》、ゲームならポ●モンくらいは知っているが、それだって詳《くわ》しいわけじゃない。

漆黒夜叉を演じ始めたこの一カ月でドリステやらウルバトやら熱血戦姫《せんき》やらの知識は得たが、琴美の知識には遠く及ばないわけで……。

しかしディープなオタクトークについていかないと替え玉だとバレてしまう。オフ会を成功させるためにも、必要な知識を身につけなければならないのだ。

この際アニメを見るのは構わない。なんだかんだ琴美が薦《すす》めるアニメは楽しいし、マンガを読むのもゲームをするのも嫌いってわけじゃない。

問題は、オフ会の日程だ。明日開催と言われたら、さすがに妹を叱《しか》らざるを得ない。お前の辞書に反省という文字はないのかと。

「ううん、オフ会じゃないよ」

オフ会じゃないの？

「でもさ、まほりん絡みなんだろ？」

うん、とうなずき、琴美は事情を聞かせてくれる。

「あのね、まほりんの誕生日、微熱ちゃんと同じなんだって」

「微熱ちゃんって……熱血戦姫に出てくる、とろんとした目のキャラのこと？」

「そうそれ！　ハルにぃ、ちゃんと覚えてたんだっ！」

「そりゃこないだ原画展に行ったばっかだしな」

熱血戦姫の原画展については、琴美と桃井が遊園地で『一緒に行こうね！』と話していた。てっきりふたりで行くのかと思いきや、開催二日前になって俺も一緒に行くことが判明した。桃井はオタク女子と仲良くなりたがってたし、ふたりが友達になった以上、俺はお役御免《やくごめん》。今後は桃井と琴美、ふたりでオタ活を楽しむのだろう――。

そう勝手に思い込んでいたが、桃井は俺を仲間外れにする気はないらしい。

考えてみれば当然だ。俺は漆黒夜叉ということになっているのだから。そして桃井にとって、漆黒夜叉ははじめてできたオタク友達なのだから。友達思いの桃井が俺だけを仲間外れにするわけがない。

そんなわけで今後は三人でオタ活することが確定したし、だからこそまほりん絡みと聞き、オタ活に誘われたのだと身構えたのだが……。

「念のため言っておくが、俺は微熱ちゃんの誕生日を知らんぞ」

「原画展でプロフィール見なかったの？」

「あのときは眠くてそれどころじゃなかった」

開催二日前の夜に原画展行きを宣告されたのだ。当時、熱血戦姫は三クール目の一〇話まで放送されていた。そのため当日までに最新話まで追いつく必要があったのだ。

「うう、迷惑かけてごめん……」

「いいって。原画展に関しては琴美に非があるわけじゃないし」

「ありがとハルにぃ……」

「どういたしまして。んで、話を戻すが、微熱ちゃんの誕生日って？」

「七月二日」

「九日後か。誕生日の話をするってことは、誕生日パーティに誘われたってことか？」

「ううん、まだ誘われてないよ」

「そか。まあでも、そのうち桃井から連絡が来るだろ」

七月二日は日曜日。桃井の誕生日だし、仲良しグループの三人もお祝いに駆けつけるはず。

どこで誕生日会を開催するのかはわからないが、琴美は桃井の友達だ。近々連絡が来るだろう。

「それでね、私、まほりんに……桃井さんに、最高のプレゼントをあげるって言っちゃって」

「桃井も喜ぶだろうぜ」

うん、と嬉しげに微笑する琴美だったが、すぐに表情が陰《かげ》ってしまう。

「だけど、よく考えたら、ハルにぃからのプレゼントになっちゃうなって……」

たしかに漆黒夜叉からの贈り物ってことは、すなわち藤咲陽斗からの贈り物だ。俺が桃井に『最高のプレゼント』を贈ることになってしまう。

が、それに関してはどうとでもなる。

「こっちはこっちでプレゼント用意するから、俺の心配はしなくていいぞ」

「だけど……ハルにぃ、お小遣《こづか》いだいじょうぶ？」

「気にするな。俺は琴美と違って貯《た》め込むタイプだから」

それに桃井は俺にとっても友達だ。以前服と時計を奢《おご》ってもらった恩もある。何万円もするプレゼントは買えないが、桃井のためにお金を使うのは嫌じゃない。

俺は誕生日会に呼ばれないだろうけど、いずれオフ会もあるだろう。そのときにでも渡せばいい。

「ちなみに琴美はなにを贈るんだ？」

軽い気持ちでたずねると、琴美は深刻そうな顔をした。どうやらここからが本題らしい。

「推《お》しぬいを贈ろうかなって……」

「推しぬい？」

「推しキャラのぬいぐるみ」

「そりゃいいな」

女子はぬいぐるみ好きそうなイメージがあるし、好きなキャラのぬいぐるみなら喜びも一入《ひとしお》だろう。

「私も名案だと思ったんだけど、難しくて……」

「難しい？」

「うん。見たほうが早いから、ちょっと来て」

言われて、琴美の部屋へ向かう。

こないだ部屋の掃除を手伝ったばかりなのに、もう散らかっていた。

「たまに換気しないと身体《からだ》壊すぞ」

「だいじょうぶ」

「業者にエアコン掃除してもらえよ。買ってから一度も掃除してないだろ？　俺から父さんに頼んでやろうか？」

「そのうちでいいから」

琴美はいつもこの調子だ。他人を部屋に入れるのが嫌なのか、フィギュアやタペストリーを見られるのが恥ずかしいのか、毎回こうしてはぐらかされる。

「それで俺に見せたいものって？」

「えっと……」

琴美は段ボールを蹴飛《けと》ばさないように机へ向かい、二体のぬいぐるみを手に取った。キリッとした目つきの赤髪キャラと、とろんとした目つきの青髪キャラだ。

「これなんだけど……」

「それは……熱血ちゃんと微熱ちゃんか？」

「わかる!?　そうっ、そうなの！　こっちが熱血ちゃんで、こっちが微熱ちゃん！　よかった、ハルにぃに伝わって！　これなら桃井さんもわかってくれるよね！」

「わかるだろうけど……なんで喜んでるんだ？」

熱血ちゃんと微熱ちゃんのぬいぐるみを買ったのだから、キャラクター名がわかって当然なのに。

戸惑《とまど》う俺に、琴美が得意げに言う。

「これね、私が作ったの！」

「マジで？　これを琴美が？」

「うんっ。推しぬいキット買って、ふたりっぽいフェイスワッペンをくっつけたの！　髪型を作るのは難しかったけど、上手にできた自信あるっ！」

「ほんと上手にできてるよ。そっか、これを琴美がな……こりゃ桃井も大喜びだな」

原画展でのはしゃぎっぷりを見るに、たぶん桃井は琴美以上に熱血戦姫が大好きだ。世界にひとつだけのぬいぐるみとなれば喜ぶに違いない。

ただ、気になる点がひとつだけ。

「熱血ちゃんと微熱ちゃん、どうして裸《はだか》なんだ？」

作中に裸は登場しないが、せっかくのオリジナルなので入浴シーンにしてみたのだろうか？

そう予想を立ててみたが、違ったようだ。

「これなんだけど……」

琴美は顔を曇《くも》らせて、机の引き出しからぐちゃぐちゃの布を取り出した。

「それは？」

「……服」

「服？」

「正確に言うと、ワンピース」

「これがワンピース……」

「……やっぱり、ワンピースには見えない？」

「まあ……そうだな。一生懸命作ったんだろうが、ワンピースには見えないな」

くしゃくしゃのハンカチにしか見えない。

目も髪もよくできてるのに、なぜワンピースだけこのクオリティなのか。推測《すいそく》するに、服に関しては推しぬいキットではなく、琴美のオリジナルなのだろう。

「推しぬいキットに洋服は入ってなかったのか？」

「入ってるし、作り方も載《の》ってたけど、微熱ちゃんにはワンピースを着せたくて……」

「なんで？」

「ちょっと待ってね」

琴美はパソコンをいじる。熱血戦姫の公式サイトへ行き、キャンペーンのページへ飛ぶ。

「これを再現したくて……」

モニターに表示されたのは、コンビニ前でアイスを食べている戦姫たちのイラストだった。熱血ちゃんはだぼっとしたTシャツにピチッとしたズボン、微熱ちゃんは純白のワンピースに身を包んでいる。

「こないだ桃井さんとチャットしてて、このクリアファイルのイラストで盛り上がって……。桃井さん、熱血ちゃんと微熱ちゃんの絡みを尊いって言ってたから……同じシーンを再現したぬいぐるみをあげたら喜ぶかなって……」

琴美の声がどんどん萎《しぼ》んでいく。目や口や髪を作ったところまではよかったが、どうしても衣装が上手《うま》く作れず、自信をなくしてしまったようだ。

だからこそ、

「お願いハルにぃ、衣装作り手伝って……」

こうして俺を頼ったわけか。

「先に言っとくが、俺も手芸得意じゃないぞ？」

「う、うん……。だけど、ハルにぃが手伝ってくれたら心強いから……」

俺としてもなんとかしてやりたいが……

「……ぜったいに推しぬいじゃないとだめなのか？　世界にひとつだけの贈り物がいいなら、小説とかでもいいわけだろ？」

「小説？」

「ほら、中二の頃に読ませてきただろ。コトミ・フジサキが異世界に飛ばされて、現代知識を披露《ひろう》したらすごいすごいってめちゃくちゃ褒《ほ》められる小説」

じわじわと顔を赤らめ、琴美がわなわなと震える。

「お、覚えてるの……？」

「覚えてるよ。ステータスが全部∞で、なんかすごい強そうな魔物を一撃で倒して、イケメンたちにめっちゃ言い寄られる――」

「ああああああああああああああ！」

「きゅ、急に叫ぶなよっ。父さんに怒られるぞ」

「わ、忘れて！　忘れっ、忘れろビーム！　忘れろビーム！」

真っ赤な顔で鉄砲を撃つジェスチャーをする琴美。当時は『読んでっ』ってドヤ顔で見せてきたのに、ものすごい慌てっぷりだ。

「そんな恥ずかしいなら読ませるなよ……」

「だ、だって、上手に書けたから、誰かに読んでほしくて……いま思い返すとめちゃくちゃな小説だけど……」

「そんなことないって。最後まで読めるくらいには上手に書けてたぞ。だから、二次創作って言うんだっけ？　熱血戦姫のそれを贈ればいいんじゃないか？」

「む、無理っ。恥ずかしいもん！　そ、それに、二次創作だと解釈違いが起きるかもだし……桃井さん、怒るかもだし……」

「そうはならんだろ。桃井、めっちゃ良い奴だし。友達が一生懸命作ったのに怒ったりしないって」

「そ、そうかな……？」

「そうだって。だから、琴美なりに一生懸命作ったなら、どんなぬいぐるみでも喜んでくれるだろ。琴美だって桃井に同じことされたら嬉しいんじゃないか？」

「う、うん。すごく嬉しい……一生大事にする」

ぬいぐるみをプレゼントされるシーンを想像したのか、琴美は嬉しそうに口元を緩ませる。

それから真剣な顔になり、

「だけど、桃井さんは大事な友達だから……できれば完璧《かんぺき》なぬいぐるみを贈りたい……」

琴美の決意は固そうだ。

ぬいぐるみの衣装を作るのはハードルが高すぎるし、役に立てるかはわからない。それでも友達のために世界にひとつだけのぬいぐるみを贈りたいという気持ちは立派《りっぱ》だ。

それに桃井は俺の友達でもあるのだ。友達が喜んでくれるなら、手伝ってやらないとな。

「わかった。手伝ってやるよ」

「ありがとハルにぃ！」

俺を心から信用しているのか、まだなにも解決していないのに琴美は晴れ晴れとした笑顔を浮かべるのだった。

◆

翌日、土曜日。

その日の昼過ぎ。早めに昼食を済ませた俺と琴美は、電車で最寄りのショッピングモールを訪れた。

目的地は二階の百均だ。推しぬいキットにもフェルトが入っていたようだが、ワンピースを作るのに使い切ってしまったらしく、こうして買いに来たのだった。

「百均ってフェルト生地《きじ》あるのかな?」

「たぶんあるだろ」

確証はないが、前に百均で布を見かけた気がする。百均になければ通販でもいいが、桃井の誕生日は八日後だ。そんなに余裕があるわけじゃないので、早めに作業に取りかかりたい。

エスカレーターで二階へと向かい、百均にたどりつく。ふたりで店内をうろついていると、フェルトコーナーを発見した。

筒状になった色とりどりのフェルトがずらりと並ぶ光景に、琴美が安堵《あんど》の息を吐く。

「よかった。いっぱいある」

「これなら今日から作業に取りかかれるな。色は足りそうか?」

「えっと……赤シャツに、黒ズボンに、白いワンピースに……」

言いながら、赤と黒と白のフェルトを手に取っていく琴美。

「クツも履《は》かせるんだよな?」

「うん。ぜったい難しいけど、細部にまでこだわりたい。だからソフトクリームも持たせるし、パンツも穿《は》かせたいんだけど……ハルにぃは何色だと思う?」

「熱血ちゃんと微熱ちゃんの下着?」

こくりとうなずき、

「作中ではパンチラシーンがなかったから想像になっちゃうけど、ふたりが穿きそうな下着のほうがリアリティが出るから」

　たしかにリアリティはあったほうがいいが、たとえぬいぐるみ用だろうと、こんなところでパンツの話はしたくない。

「べつに何色でもいいだろ」

　適当に話を切り上げようとするが、琴美は「だめだよっ」と首を振り、

「色にはこだわらないとっ。だって熱血ちゃんが黒いパンツだったら変だもんっ！　まほりんだって顔をしかめちゃうよ！」

「それで顔をしかめる理由が俺にはわからんのだが……オタクは黒いパンツが嫌いなのか？」

「好きだよっ！　オタクは黒パンツが好き！　だってえっちだもん！」

「わ、わかったから、こんなところで際《きわ》どい発言をするな」

　幸い近くにひとはいないが、誰かに聞かれたらあらぬ誤解を受けかねない。たしなめると、琴美は反省したようにシュンとする。

「うう、熱くなってごめん……で、でも、推しぬいの完成度に関《かか》わる大事なことだから……」

「こだわりたいのはわかったよ。でもさ、オタクは黒が好きなら黒でいいんじゃないか？」

「だ、だめなの。熱血ちゃんは見た目は美少女だけど、中身は少年みたいなキャラだからっ。黒はセクシーだし、熱血ちゃんっぽくないのっ」

　声を潜《ひそ》めつつも、熱弁する琴美。だからってわけじゃないが、言いたいことは理解できた。

たしかに天真爛漫《てんしんらんまん》な高瀬が黒い下着を穿いていたら、ちょっとびっくりしてしまう。もちろんそれはそれでありなのだが。

「で、けっきょく何色にするんだ？」

「えっと……」

琴美はしばらく黙り込み、名案が閃《ひらめ》いたのか俺を見つめる。

「ハルにぃの知り合いに、熱血ちゃんっぽい女子と微熱ちゃんっぽい女子っている？」

「ん？　そうだな……寿って知ってるか？」

「背が高い寿さん？」

「ああ。寿は美形だけど男勝りだし、熱血ちゃんっぽいかもな。それと、青樹ってわかる？」

「写真同好会の青樹さん？」

「そう、その青樹。あいつはいつも眠そうな目をしてるから、微熱ちゃんっぽいと思うぞ」

「寿さんと青樹さんかー……えーっと、たしか……白と黒だったかな」

白と黒というのは、話の流れ的にふたりの下着の色だろう。聞いてはいけないことを聞いてしまった気がするぜ。

ていうか、

「なんで知ってるんだよ」

「水泳は四組と合同で、一緒に着替えてるから。寿さんは目立つし、青樹さんは着替えながら

『お兄さんと同好会に入らない？』って話しかけてきたの。断っちゃったけど……」

　青樹は写真同好会唯一《ゆいいつ》の会員で、部に昇格するために会員を募集していた。一度断ったが、まだ諦《あきら》めてなかったようだ。

「ともあれ、熱血ちゃんが白で微熱ちゃんが黒か。……でも微熱ちゃんはそれでいいのか？　セクシー系じゃないだろ」

「おとなしい娘の黒下着はギャップがあるからありだよ」

　よくわからんが、琴美が満足ならそれでいい。

「次はボタンだね。あるかなぁ」

　昨日ワンピースの留め具をマジックテープにするかスナップボタンにするかで迷っていたが、ボタンに決めたらしい。

「とりあえずボタンコーナーを探してみるか」

　うん、とうなずく琴美とともに店内をうろつき、無事にスナップボタンを発見する。それを手に取り、レジへ向かっていると、陳列《ちんれつ》棚の角から長身女子が現れた。

「おっ、藤咲兄妹じゃねーか」

　セミロングの黒髪をポニーテールにまとめた女子――同中出身で去年クラスメイトだった、

バレー部員の寿嵐だ。

部活帰りなのか、寿は制服に身を包んでいる。

「よう寿。奇遇《きぐう》だな」

「なんで目を逸らしてんだ？」

「そこの商品を見てただけだ」

さっき下着の話を聞いたばかりなので気まずかっただけだ。

「カー用品じゃねーか。藤咲まだ車持ってねーだろ」

「ちょっと気になっただけだ。深掘りするな」

「ま、いーけどよ」

それより、と寿は興味深げに琴美の手元を覗《のぞ》き込んだ。

「ふたりもフェルトを買いに来たんだな」

「てことは寿も？」

「まーな。部活用のお守りを作ることになってよ。うちの部の伝統で、毎年この時期に二年が一年のお守りを作るんだよ」

「そりゃ大変だな」

「ほんとだよ。昔から裁縫《さいほう》はどうも苦手でさ……かといってお守りだし、下手に作るわけにもいかねーしな」

寿はため息を吐き、で、と俺と琴美を交互に見る。

「そっちはなにを作るんだ？」

「ぬいぐるみに着せる服だ」

寿のことはバレー部のエースってことくらいしか知らないが、高瀬や桃井と仲が良いのだ。類は友を呼ぶとも言うし、ふたりの友達なら俺がぬいぐるみの服を作るからって茶化したりはしないだろう。

正直に告げると、寿は感心したように眉を上げた。

「へえ、そりゃすげーな。ぬいぐるみの服って作るのめっちゃ難しいだろ。藤咲が作るのか？それとも妹が？」

「え、えと……」

背の高い寿に見下ろされ、ただでさえ人見知りの琴美はたじたじだ。露骨《ろこつ》に隠れるのは失礼なので俺の隣に立っているが、顔を伏せ、完全に萎縮《いしゅく》してしまっている。

代わりに俺が答えようとした、そのとき。

「嵐ちゃーん、お待たせー」

可愛い声が響いた。

高瀬が駆け寄ってきたのだ。書店に寄ってきたのだろう、紙袋を手にした高瀬は、俺たちを見てにこっと笑みを向けてくる。

「藤咲くんと藤咲さんじゃんっ。兄妹でお買い物？　仲良いね～」

午前中は部活だったのか、寿と同じく高瀬も制服姿だった。休日に高瀬が見られるなんて、今日はついてるな。

「そういう高瀬は寿と買い物か」

「うんっ。部活終わりに誘われちゃって。ケーキをご馳走《ちそう》するから、お守りを作るの手伝ってくれ～って」

「えっ？　お守り作りを？」

「そうだよ。私、お裁縫が得意だからねっ」

「マジで!?　裁縫得意なのか!?」

「わーお、一〇〇点満点のリアクションだっ。そうなのですよ、こう見えて表彰《ひょうしょう》されたこともあるのですよ」

「表彰!?　すげえな！」

「あはは、そこまで褒められると照《て》れちゃいますな。表彰といっても小学生の頃の話だけどね。夏休みの自由工作で布絵本を作って、全校生徒の前で褒められたんだよ。いま見るとたいしたことないけどね」

照れくさそうに頬を染め、高瀬は謙遜《けんそん》するように言った。

実物を目にしたわけじゃないが、表彰されるってことは、上手に作れたってことだ。しかも高瀬はこれから寿に裁縫の手ほどきをするらしい。

これぞ渡りに船。高瀬に教われば上手に服を作ることができ、親睦を深めることもできる。まさに一石二鳥《いっせきにちょう》の展開だ。

「高瀬に相談があるんだが……」

「私にできることなら協力するよ」

高瀬はにこやかに言った。

「まだなにも言ってないぞ」

「ほら、藤咲くんも勉強教えてくれたじゃん？　あれほんと助かったから、そのお返しだよ、お返し。で、私に相談って？」

「もしよければ、俺と琴美に裁縫を教えてほしいんだ」

「藤咲くんたちに？」

予想外の相談だったようで、高瀬はきょとんとする。

俺は琴美の手元を指さして、

「このフェルトでぬいぐるみ用の衣装を作りたいんだが、俺も琴美も裁縫が苦手でさ。高瀬が教えてくれるとマジで助かるんだ」

高瀬がグッと親指を立てた。

「そういうことなら教えてあげるっ」

「サンキュな！」

よっしゃ！　高瀬と休日を過ごせる！　理想の休日の始まりだ！

舞い上がっていると、琴美がシャツの裾《すそ》を引っ張ってきた。困ったように眉を下げて、俺を見上げている。

……ああ、そうだったそうだった。今日は一四時からばあちゃん家《ち》に行くことになってるんだった。

孫がふたりとも来なければばあちゃんもがっかりするだろうし、俺が高瀬からコツを教わり、それを琴美に伝えるとしようかね。

「琴美はこのあと予定があるから、教わるのは俺だけになるんだが……」

「わかった。藤咲くんはこのあと予定は？」

「ないよ。ふたりは？」

「私らはこれから昼飯《ひるめし》だ」

「そっか。だったら俺は一回家に帰ろうかね。ぬいぐるみとかを持ってこないとだし。何時にどこに行けばいい？」

「一五時に私の家に集合でどうだ？」

寿の家は隠れ家的なカフェだ。恋岸駅《こいぎし》の裏手にあり、俺の家から歩いて行ける距離にある。

「りょーかい。んじゃ一五時に行くよ」

そうして話がまとまり、俺と琴美は会計を済ませると、ショッピングモールをあとにしたのだった。

◆

そして約束の五分前――。晴れ渡る空の下、俺は恋岸駅の裏手にある生活道路を歩いていた。蒸し蒸しとした空気がまとわりつくなか歩を進めていると、道の向こうに隠れ家的なカフェが見えてくる。

一階が店で、二階が住居になってそうな外観だ。ひさしの下にはおしゃれな植木鉢《うえきばち》が並び、その隣には長身の女子が立っていた。

寿だ。白Tシャツにジーンズ姿で、暑そうに胸元をぱたぱたさせている。

持たせるのは悪いので、小走りに寿のもとへ。

「すまん。待ったか？」

「さっき出たところだ」

「ならよかった。さっそく入ろうぜ」

「それなんだが、今日は店が混んでてよ。テーブル席は全部埋まっちまったんだ。てなわけで裁縫は私の部屋でするぞ」

「寿の部屋に俺が入ってもいいのか？」

男勝りな性格で、ボーイッシュな格好《かっこう》をしているが、寿は女子だ。中学の頃からあまり男と絡んでいるところは見ないし、異性を部屋に招くのは抵抗があるのでは？

「あんまり男は入れたくねーけど、藤咲は特別に許可してやるぜ」

「同中だから？」

「じゃなくて、真帆の恋人だからだ。あんだけ可愛い彼女がいりゃ、私の部屋に入っても変な気は起こさねーだろ」

気遣《きづか》い無用とばかりにニカッと笑い、こっちだ、と裏手へ向かう。

寿を追いかけて裏口から屋内へ。カフェから賑々《にぎにぎ》しい声が聞こえてくるなか階段を上がり、角部屋へ通される。

空調の効《き》いた一〇畳ほどの板張り部屋だ。ベッドに机に本棚にテーブルとシンプルな空間で、部屋の中央には天使が座していた。

「おっ、来た来た」

スマホをぽちぽちしていた高瀬が、パッと笑みを向けてくる。ショッピングモールから直接来たようで、制服姿のままだった。

可愛い笑顔に見惚《みと》れていると、高瀬が手招きしてくる。

「ほらほら、立ってないで座りなよ。遠慮しなくていいからっ」

「まるで高瀬の部屋みたいだな」

「そりゃもう何回も遊びに来てるからねっ。実質私の部屋だよ」

「私の部屋だがな」

寿は高瀬の冗談に苦笑しつつ、「好きなところに座っていいぞ」と告げてきた。

四角形のテーブルで、高瀬の向かいには飲みかけのグラスが置いてある。空いているのは、机側と本棚側だ。どっちに座ろうと高瀬との距離は変わらないので、本棚側に腰を下ろす。

「飲み物持ってくるけど、なにがいい？」

高瀬の手元にはオレンジジュースが置いてあるので、俺にたずねているのだろう。

「アイスコーヒー頼める？」

「りょーかい。ついでにケーキも食わせてやるよ。コーヒーだけってのもかわいそうだしな」

「サンキュなっ！」

「おう。鳴海はどんなケーキがいい？」

「嵐ちゃんのオススメだったらなんでもいいよっ」

「はいよ」

寿が部屋を出ていき、高瀬とふたりきりになる。その途端、密談でもするように高瀬が身を寄せてきた。急に近づかれ、顔が熱くなってしまう。

部活で汗《あせ》を流しただろうに、めっちゃ良い匂《にお》いがするな……。

「最近、真帆っちとはどう？」

「ど、どうって……なにが？」

「キスだよキス。してるの？」

いまでこそ桃井と付き合っているふりをしているが、元々あいつは友達に恋人を紹介せず、作り話で乗り切るつもりだったらしい。その際に『恋人からはハニーと呼ばれている』だの『人前でもキスしている』だの架空《かくう》の恋人とのイチャイチャ話をでっち上げていたそうだ。

おかげで以前、整合性を取るため桃井の頬にキスするハメになった。この場に桃井はいないので、キスをする必要はないが、整合性を保つためにもラブラブっぷりをアピールしなければならない。

「めっちゃキスしてるぞ」

「そ、そっかー。めっちゃしてるんだ」

自分で訊《き》いたくせに恥ずかしいのか、高瀬はうっすらと頬を染める。

「てか、なんで俺に訊くんだ？」

「真帆っちには訊きづらいからね」

「訊きづらいって、ふたりは親友だろ？」

「そうなんだけどさ。真帆っちに訊いても、はぐらかされるんだよね」

「はぐらかされる？」

うん、とうなずき、

「前まではキスの話とかハグの話とかしてくれたのに、藤咲くんを紹介してくれた日辺《あた》りから『楽しく過ごしてるわ』ってすぐに話を切り上げるようになっちゃったの」

俺を紹介したことで架空の恋人との話じゃなくなってしまったため、ラブラブアピールするのが恥ずかしくなっただけかもしれないが……もしかすると桃井は、俺と別れる準備に入っているのかもしれない。

破局の理由は価値観の違いで、円満に別れた設定にすると事前に話し合って決めている――恋人から友達に戻ったことにすると決めている。そのため楽しく過ごしていると語りつつも、恋人的なエピソードは控《ひか》えるようにしているのかも。

だとすると、俺もラブラブアピールは控えたほうがいいかもだが……

「もしかしたら、最近上手くいってないのかもって心配で……」

好きな女子が不安そうにしているのだ。具体的にいつ別れるかまでは決めてないし、高瀬の不安を取り除くためにも仲良しっぷりをアピールしなければ。

「心配しなくても上手くやれてるよ」

「ほんとっ？」

「ああ。ただ、付き合ってると慣れてくるっていうか、傍目《はため》にはイチャイチャしているように見えてもイチャついてる実感がなくなるっていうか……。マンネリってわけじゃないけど、『楽しく過ごしてる』としか言いようがなくなるんだよ」

「そういうものなの？」

「そういうものだ。高瀬も付き合ってみたらわかると思うが……その予定はあるのか？」

「うーん、いまは恋愛には興味ないかな。部活頑張りたいしっ」

よかったー。桃井と付き合っているうちに高瀬に恋人ができる展開は避けられそうだ。

この流れで異性の好みも把握《はあく》しておきたいところだ。幸いにも恋バナの流れになっているし、いまなら訊いても不自然じゃないだろう。

「ちなみにだが、高瀬ってどんな男子が好きなんだ？」

「好みとか考えたことないけど……優しくて明るくて、家族を大切にするひとがいいかな」

「外見的な好みは？」

「外見かー……背が高くて、身体が引き締まってるとかっこいいかな」

なるほど。背が高くて身体が引き締まっている男か──

「……俺じゃん」

思わず口から出た言葉に、高瀬はおかしそうに笑う。

「あはは、ほんとだ。私の好み、藤咲くんじゃん」

「いやー、まさか高瀬の好みが俺だったとはな」

軽い調子で返事をしたが、飛び跳《は》ねたいくらい嬉しかった。

ニヤニヤしそうになるのを必死に抑えていると、高瀬の顔からふっと笑みが消え、まじめな顔を向けてくる。

「でも、いま言ったことは誰にも言わないでね？　真帆っちが聞いたら不安になっちゃうかもだから」

「わかってる。秘密にするよ」

もっとも、俺たちは本当に付き合っているわけじゃないのだ。高瀬の好みを知ったところで、桃井は不安にもならなければ嫉妬もしない。

「待たせたな」

寿が帰ってきた。トレイ上のケーキを見て、高瀬が「待ってましたー！」と拍手《はくしゅ》する。

「はいよ、鳴海はチーズケーキな」

「やったーっ。ありがと嵐ちゃん！」

「藤咲はショートケーキと、マンデリンでよかったか？」

「マンデリンって？」

「苦みが強いコーヒーだ。ケーキを食べるなら、苦いほうがいいかなーって思ったんだが」

「最強の組み合わせだなっ！」

言いつつ、コーヒーとショートケーキを受け取る。ミルクと砂糖もつけてくれたが、まずはブラックでいただこう。

冷たいグラスに口をつけ、ちびっとコーヒーを口に含む。その途端、ずっしりとした苦みが口いっぱいに広がった。香りも強く、まさにコーヒーを飲んでいる気分だ。後味が渋めだが、おかげでケーキの甘さが際立《きわだ》っている。

最高の組み合わせだったので、引き続きブラックでいただくことに。

「美味し～。やっぱり嵐ちゃん家のケーキは最高だよ～」

「気に入ってくれてなによりだ」

「もう嵐ちゃんと結婚したいくらいだよっ。そしたら毎日ケーキ食べ放題じゃん！」

寿が女子でよかった……。背が高いし、引き締まってるし、男子だったら最強のライバルになるところだったぜ。

「さて、始めるか」

コーヒーとケーキを味わっていると、寿がそう切り出した。

だな、とカバンから裁縫道具を取り出して、テーブルに広げる。さらにぬいぐるみを出すと、寿が思い出したようにたずねてきた。

「そういやさっき聞きそびれたが、それって藤咲のか？」

「琴美のだ」

桃井は隠れオタクなので、あいつへの誕生日プレゼントってことは明かせない。

しかし……いまさらだけど、それだと誕生日会で桃井に渡しづらいんじゃないか？　袋詰めして『あとで開けて』とでも言えばなんとかなるのかね？　まだ誕生日会に誘われたわけじゃないが、あとで琴美にどうするつもりか聞いておかないとな。

「妹のために裁縫するのか？」

感心した様子の寿に、そういうこと、とうなずいてみせる。

「つっても俺が作るのは言わば試作品だけどな。ここでしっかりコツを学んで、あとで琴美に教えてやるんだよ」

じゃないと琴美からのプレゼントにならないしな。俺は俺で桃井のためにプレゼントを用意しなければならないが、まずはぬいぐるみが優先だ。

「藤咲くんは家族思いだねっ」

「顔に似合わず優しいよな」

女子ふたりに褒められ、照れくささを感じてしまう。

「ちなみにどんな服にするかは決めてるの？」

「ああ。琴美にリクエストされてるよ」

スマホをいじり、クリアファイルの画像を見せる。

琴美もオタクであることを公《おおやけ》にはしていないが、それは単に打ち明ける機会と相手がいないだけだ。ぬいぐるみの持ち出しを許可してくれたし、桃井と違って隠すつもりはないのだろう。そもそも桃井が気にしすぎなだけで、ふたりともオタクだからって偏見《へんけん》を持つとは思えないが。

「この画像の、熱血ちゃんと微熱ちゃん……ああ、このキャラとこのキャラだ。できれば衣装だけじゃなく、クツとアイスも再現したいんだが……」

真剣な顔で画像を見ていた高瀬は、自信ありげにうなずいた。

「これくらいなら作れるよ」

「さすが高瀬、頼りにしてるぜ！」

「うむうむ。大船に乗った気でいなさいっ。でさ、チャコペンは持ってきた？」

「ああ、持ってきた」

「じゃあまずは型取りだね」

「私はどうすりゃいい？」

「嵐ちゃんはどんなお守りを作るの？」

「んっと……これだ」

寿は机の引き出しから紙切れを取り出して、テーブルに置く。部員同士でデザインを考えていたようで、紙にはお守りが描かれていた。

ユニフォームを模《も》したデザインだ。Tシャツの形で、表には名前が、裏にはバレーボールが描かれている。

「嵐ちゃんもまずはチャコペンで型取りだね」

「りょーかい。藤咲、ペン借りるぞ」

「好きに使ってくれ。あとさ、今日は何時まで作業するんだ？」

寿がどれだけ不器用かにもよるが、作業量的には俺のほうが多い。寿が作り終わったら解散って流れになるなら、中途半端なところで終わることになってしまう。

「途中で追い返すのもかわいそうだが、うちに泊めるわけにもいかねーしな。鳴海はいつまで付き合ってくれるんだ？」

「時間は気にしないけど、藤咲くんのも一九時には終わると思うよ」

「だそうだ」

「なら一九時までいさせてもらうよ」

「おう。同中のよしみでいさせてやる」

「恋岸西中出身でよかったぜ」

「いい学校だったよなー。屋内プールだし、体育館は広いし。まあ校歌は変だったけど」

「わかる。めっちゃ山を連呼《れんこ》してたよな」

「近くに山ないのにな」

「昔はあったんだろうが――」

「こら、ふたりとも作業に集中しなさいっ」

高瀬に冗談めいた口調で注意され、俺たちは作業に集中するのだった。

◆

家に帰ってきたのは、一九時を過ぎた頃だった。

父さんたちはもう帰ってきているようで、屋内は明るい。さっそく夕食にしたいところだが、まずは成果報告をしなければ。

「ただいまー」

階段を上がり、妹の部屋へ向かう。

ノックすると、琴美はすぐに出てきた。

「おかえりハルにぃ」

「ただいま。ばあちゃんどうだった？」

「元気にしてたよ。お小遣いもらっちゃった」

「大事に使えよ」

「うん。ハルにぃのはお母さんが預かってるから」

「わかった。あとでばあちゃんにお礼の電話しとく」

「おばあちゃんも喜ぶよ。ハルにぃに会いたがってたもん」

「しばらく会ってないしな。夏休みにでも顔見せるよ」

うん、と琴美はほほ笑み、それで……、と不安げに見つめてきた。

「服はどうなった?」

「ちゃんとできたぜ」

カバンからぬいぐるみを取り出す。琴美の要望通りの格好をした、熱血ちゃんと微熱ちゃんだ。

「すごいすごいっ! ハルにぃ上手! お店に売られてるぬいぐるみみたい!」

完璧な仕上がりの衣装を見て、琴美は大はしゃぎだ。

「って、その指どうしたの!?」

ぬいぐるみを渡そうとしたところ、ふいに琴美が血相《けっそう》を変えた。

左手の親指には絆創膏が巻いてあり、うっすらと血が滲《にじ》んでいる。

「ああ、これか。針でブスブス刺しちまってな」

「そ、そう……。私のせいでごめん……」

「気にするな。そんなに深く刺したわけじゃないから」

「で、でも痛かったよね?」

「一瞬チクッとしただけだ。それより琴美は怪我しないように気をつけろよ。ボタンつけるのマジでムズいぞ」

「う、うん。集中して作業する」

「そうしてくれ。んじゃこれ」

琴美にぬいぐるみを渡す。

すると琴美は微熱ちゃんを下から覗き込み、

「……ノーパンだ」

真っ先に確認するのそこかよ……。

「高瀬にパンツ作りのコツを訊くのは抵抗があったんだよ。ま、衣装に比べりゃ簡単だろうし、コツも摑《つか》んだからな。大船に乗ったつもりでいてくれていいぜ」

「うんっ！　ありがとハルにぃ！　私、ぜったい上手に作ってみせるからっ！」

琴美はぬいぐるみを胸に抱き、やる気満々に宣言するのだった。

幕間　ネトゲ夫婦のチャットログ

【まほりん】あっ、来た来た。今日は来ないかと思ったよ
【漆黒夜叉】ごめんごめん。勉強やってたら遅くなって
【まほりん】あー。期末試験が近いもんね
【漆黒夜叉】そうそう。しかも今回はいつも以上にガチらないとマズいんだよなー。これ以上成績落ちたらお小遣《こづか》いが大幅ダウンなんだよ
【まほりん】漆黒《しっこく》くんって前回クラス二位じゃなかった？
【漆黒夜叉】途中で送ってた！
【漆黒夜叉】お小遣いが大幅ダウンなんだよ琴美《ことみ》の！
【まほりん】珍《めずら》しい文法ね。じゃあ琴美さんに勉強を教えてたの？
【漆黒夜叉】そういうこと！
【まほりん】そっかー。ほんといいお兄ちゃんね
【まほりん】ていうか学校の話ってしていいの？

【漆黒夜叉】どういう意味？
【まほりん】はじめてのオフ会のとき、ゲームの雰囲気《ふんいき》を壊したくないから学校の話はしないようにしようって言ってたから
【漆黒夜叉】あー、言った言った！　言ったけど解禁でいいかなーって！　まほりんが嫌じゃなければだけど！
【まほりん】嫌じゃないよ。むしろちょうどよかった
【漆黒夜叉】まほりんも学校の話をしたかったってこと？　オレに勉強を教えてほしいとか？
【まほりん】ううん。そっちは自力でなんとかする
【漆黒夜叉】じゃあ話したいことって？
【まほりん】今日鳴《なる》ちゃんと遊びに出かけて、帰りにコンビニに寄ったの。でね、鳴ちゃんが熱血戦姫《せんき》のクリアファイルをもらってたの
【漆黒夜叉】高瀬《たかせ》が!?
【漆黒夜叉】オタクだったのか!?
【まほりん】どうなんだろ？　もらえるものはもらっておけの精神でもらっただけかも
【漆黒夜叉】そっかー。でもオタクだったらいいな！
【まほりん】ねっ。オタクだったら盛り上がるし、学校じゃアニメの話はできないけど、琴美さんも鳴ちゃんと話しやすくなると思う！

【漆黒夜叉】琴美のこと心配してくれてるのか？

【まほりん】当然よ。友達なんだから
【漆黒夜叉】ありがとな！　琴美が聞いたらめっちゃ喜ぶ！

【まほりん】どういたしまして。でね、鳴ちゃんがオタクかどうか調べたいから、漆黒くんに協力してほしいの
【漆黒夜叉】協力って？

【まほりん】話したほうが早いから電話するね？

【漆黒夜叉】待って待って！

【漆黒夜叉】トイレ行くから！

【まほりん】じゃあ一〇分くらいしたら電話するね？

【漆黒夜叉】わかった！

第二幕

妹のネトゲ嫁に協力した

衣装作りの翌日、日曜日。

『ハルにぃ！　ハルにぃ！』

二二時を過ぎた頃、期末試験に備えて数学の問題集を解いていると、琴美《ことみ》が声を荒らげつつドアを叩《たた》いてきた。

入っていいぞー、とドア越しに声をかけると、勢いよく部屋に飛び込んでくる。その顔には焦燥感《しょうそう》が滲《にじ》んでいた。

どうやら緊急事態のようだが、琴美が焦《あせ》るのは日常茶飯事《さはんじ》だ。この顔を見た一瞬で、四つのパターンが脳裏《のうり》をよぎる。

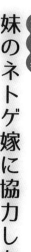

そして一番可能性が高いのは――

「上手《うま》く縫《ぬ》えないのか？」

裁縫《さいほう》だ。

昨日は日付が変わる頃まで徹底的に指導した。その甲斐《かい》もあり、真っ白なワンピースだけは完成した。やや縫い目が粗《あら》いが、最初に作ったくしゃくしゃの布に比べると雲泥《うんでい》の差だ。

おまけに怪我《けが》しなかったこともあり、琴美は自信を得たようで、あとは自力で作ってみると意気込んでいた。

しかしつまずき、助けを求めに来たのだろう。

「ううん。いまのところ順調だよ」

「だったら勉強を教えてほしいとか？」

先日、父さんに『成績が一〇位下がるごとに小遣《こづか》いを一〇％ずつカットする』と宣告されていた。琴美は涙目で俺に頼ろうとしたが、父さんに『まずは自力でなんとかしなさい』と注意されていた。

しかし難問にぶつかり、助けを求めに来たのだろう。

「数学を教えてほしいけど、今回は勉強じゃなくてっ」

「虫が出たとか？」

「出てないよっ。気配は感じるけど、見ない限りはいないのと同じだもんっ」

あっという間に三つのパターンが潰《つい》えた。

ならもうアレしかない。

「まほりんか」

いつだったか同じように切羽詰《せっぱつ》まった様子で駆け込んできたことがあるが、琴美は父さんの

言いつけ通り、勉強に励《はげ》んでいたはず。だからネトゲ絡《がら》みの相談ではないと予想していたが、

「そうっ。まほりん！」

　勉強を切り上げ、ネトゲを楽しんでいたようだ。早々に勉強を諦《あきら》めたわけじゃなく、どうか息抜きであってほしい。父さんマジで心配してるんだぞ……。

「あのねっ、桃井《ももい》さんから電話がかかってくるの！　だから急がないと！」

「電話って俺に？」

「うん！　一〇分後に電話するって言ってた！　あと九分もない！」

「そんな慌《あわ》てることないだろ。電話がかかってきても、充電切れそうだからあとでかけなおすってことにすりゃいいだけだ。それともぜったい九分後に通話しなきゃいけない用なのか？」

　たとえば九分後に放送開始のアニメを見つつリアルタイムで感想を語り合うとか。前情報が必要なアニメだと困るが、それでも同時視聴なら話を合わせることができる。かつての俺なら無理だっただろうが、数々のオタ活を乗り越えてきたいまの俺ならそれが可能だ。

　ただ、九分後というと……二二時一八分だ。そんな半端な時間からアニメが始まるとも思えない。

「べつにそういうわけじゃないけど……」

「だったら落ち着け。勉強してないのが父さんにバレたら怒られるぞ。最悪の場合は母さんの登場だ」

うちは父さんより母さんのほうが怖い。なんだかんだ父さんは琴美に甘いが、母さんは容赦《ようしゃ》なく琴美を叱《しか》るのだ。

「わ、わかった……」

琴美は何度か深呼吸すると、落ち着いたトーンで切り出した。

「高瀬《たかせ》さん、オタクかもしれないって」

「高瀬が？　オタクって、アニメオタクってことか？」

オタクと一口に言ってもアイドルオタクに料理オタク、健康オタクに歴史オタクなど様々だ。高瀬にアニメオタクのイメージはないが、琴美は「そうだよ」とうなずいた。

「桃井さんが言ってた。今日高瀬さんとコンビニに寄ったとき、熱血戦姫《せんき》のクリアファイルをもらってたって」

「キャンペーンのか。けど、アイスを二個買ったらもらえるんだろ？　アニメには興味なくて、ただ無料だからもらっただけじゃないのか？」

「桃井さんも同じこと言ってた」

それだけ高瀬にアニメ好きのイメージはないってことだ。こないだ部屋にお邪魔したときも、アニメグッズは見当たらなかった。

ただ、あのあとアニメにハマったのかもしれない。そして対象が熱血戦姫となると、理由はおそらく――

「ぬいぐるみ作りがきっかけかもな」

「高瀬さん、ぬいぐるみに興味持ってたの？」

「そんなふうには見えなかったが……いま思い返すと、クリアファイルの画像を見せたとき、真剣な顔をしてた気がするな」

「じゃあぜったい一目惚《ひとめぼ》れだっ！　だって神イラストだもん！」

　琴美はやけに嬉《うれ》しそうだ。

　喜びたくなる気持ちはわかる。琴美は弁当箱をバスケットボール柄に変えるくらい、高瀬と仲良くなるきっかけを探していたのだから。

　相手がオタクなら親近感が生まれる。熱血戦姫という共通の話で盛り上がることができれば、今後は緊張せずに話せるようになるはずだ。

　さておき。

「桃井の用件って？」

　ここまでの話を聞いた感じ、緊急性はない。わざわざ電話をかけるまでもなく、チャットで完結している話に思える。

「高瀬さんがオタクかどうか確かめたいから協力してほしいって」

「協力って？」

「それを電話で伝えるみたい。……よかった、間に合った」

タイムリミット前に知らせることができて、琴美は安堵《あんど》の息を吐く。

「話はわかった。桃井の相手は俺がするから、琴美は勉強でもしてろ」

「え？　もう切り上げたんだけど……」

「まだ二二時を過ぎたばかりだろ。あと一時間は頑張れよ」

「で、でも数学が難しくて……」

勉強を教えてほしいのか、甘えるような声だった。

「明日教えてやるから、今日のところは暗記科目に集中しろ。寝る前に暗記したら、睡眠中に記憶に定着するらしいぞ」

「うう、頑張る……夏休みは桃井さんといっぱいオタ活したいもん……」

ここで頑張らないと小遣いが減らされるのだ。琴美はつらそうな顔をしつつも、ぼそぼそと決意表明して部屋を出ていった。

スマホが電子音を奏《かな》でたのは、それから間もなくのことだった。

さっそく電話に出ると、澄《す》んだ声が聞こえてきた。

『夜遅くにごめんね？』

「いいって。二四時までは起きてるつもりだったし」

『ならよかった。でね、鳴《なる》ちゃんなんだけど、陽斗《はると》くんはオタクだと思う？』

「まだなんとも言えないな。高瀬とはよくコンビニに行くのか？」

『遊びに出かけたときはだいたい行くわ』

「そのときアニメグッズはスルーしてたのか？」

　ああいうキャンペーンは昨日今日始まったわけじゃない。俺は興味なかったが、存在自体は知っていた。

『もらえる条件を満たしても、もらってなかったわ。もったいない……って思ってたからよく覚えてる。ただ、今回はたまたまクリアファイルが欲しかったからもらっただけかもしれないけど……』

「でもさ、ああいうのって学校じゃ使いづらいだろ？」

『そうなのよね。家で使うつもりでもらっただけかもしれないけど……鳴ちゃんって、クリアファイルを使うタイプじゃないし』

　たしかに高瀬はプリントをまとめず、どこに仕舞ったっけ……、と探してそうなタイプだ。

　だからこそ反省を活《い》かしてクリアファイルを使おうと決意したのかもしれないが、どっちにしろ憶測《おくそく》の域《いき》を出ない。

「本人に直接訊《き》くのが確実なんだが……」

『悪いけど、私は無理よ』

「だよな……」

　熱血戦姫が好きなのかとたずねるのは、自分がオタクだと明かしているようなものだ。隠れオタクの桃井には実行できない手段である。

「俺が訊いてもいいが、その場にいなかったのにクリアファイルの件を知ってるのは変だしな……」

桃井から聞いたってことにしても、それはそれで『どうして教えたの？』と疑問を持たれてしまう。

『ええ。だから違う方法で確かめようと思ってるの』

「違う方法って？」

『カラオケよ』

「カラオケ？　高瀬をカラオケに連れてって、アニソン歌うか確かめるってことか？」

『じゃなくて、鳴ちゃんの前で熱血戦姫の曲を歌って反応を見るのよ。一期のオープニングはアニメ映像付きだから、熱血戦姫に興味があれば反応するはずよ』

「名案だが、それだとオタクだってバレるんじゃないか？」

『だから陽斗くんに歌ってほしいの』

「なるほど！　そういうことかっ」

テンションが上がり、声が弾《はず》んでしまう。

高瀬とカラオケ行けるとか最高すぎるだろ！　高瀬の歌、めっちゃ聴きたい！　どんな曲を歌うんだろ……歌う姿、可愛《かわい》いんだろうなぁ。

『……協力してくれる？』

「もちろんだっ！　……けどさ、高瀬は来てくれるのか？」

『明日から部活は試験休みだし、鳴ちゃんはカラオケ好きだから。景気づけにぱーっと歌おうって誘ったら来てくれるわ』

やったぜ。そうと決まれば今日はマスクして寝ないとな！　しっかり喉《のど》を保湿して、上手に歌ってみせる！

「ちなみにだが、メンバーは俺と桃井と高瀬だけ？」

『できれば琴美さんにも来てほしいわね。一緒に遊べば、少しは緊張もほぐれるでしょうし』

わかっちゃいたが、桃井なりに琴美を気遣《きづか》ってくれていたようだ。

やっぱり桃井は友達思いだな。琴美のはじめての友達が桃井で本当によかったぜ。

「わかった。誘ってみる」

『ええ、お願いするわ。あたしも鳴ちゃんを誘ってみるから。結果がわかってから琴美さんに声をかけてちょうだい』

「そうするよ。じゃ、連絡待ってるから」

通話を終え、そわそわしながら待っていると、再び着信音が響いた。メッセージで済みそうなのに電話をかけてきたってことは、ほかに連絡事項があるのかね。

「もしもし？　結果はどうだった？」

『鳴ちゃんもカラオケ行きたいって』

よっしゃ！　高瀬とのカラオケ確定！

「りょーかい。これから琴美を誘ってみる」

『お願いするわ。ああそれと、明日は現地集合だから。学校が終わったら金浄《きんじょう》駅前のまねきん猫に集合ね』

「桃井たちは寄り道するのか？」

『ううん、学校から直接行く。ただほら、ほかの生徒にあなたと帰ってるところを見られたら困るから……べつにあなたのことが嫌いなわけじゃないから、勘違《かんちが》いしないでね？』

申し訳なさそうな声だった。桃井の俺に対する好感度はネトゲ旦那《だんな》として琴美が築いてきたものだが、それを差し引いても桃井は俺を嫌ってない。学校で見せる男嫌いキャラは作り物で、本当は嫌いな男子などいないと以前語っていた。

「わかってる。女子に嫉妬《しっと》されたら困るもんな」

俺はモテ男じゃないのだ。俺と仲良くしたところで、女子は嫉妬などしないだろう。ただ、ワンチャンあると勘違いした男子たちに言い寄られ、そいつらを振りまくれば嫉妬されるかもしれない。

『嫉妬されるのも嫌だけど、友達に迷惑をかけるのはもっと嫌よ』

この場合『友達』ってのは俺のことだろうが……

「迷惑って？」

『私と一緒に帰れば、男子に嫉妬されるでしょ』

別行動は俺への気遣いも兼《か》ねていたのか。本当に優しい奴《やつ》だな。

「嫉妬はされるだろうが、俺はべつに困らんぞ」

『どうして？』

「実害がないからだ。だってさ、考えてみろよ。俺、一八二センチのチンピラ顔だぞ」

たとえ嫉妬したところで、俺のような厳《いか》つい男を苛《いじ》めるわけがない。そもそも可愛い女子と仲良くしただけで苛めるようなクズはうちのクラスにはいない。

桃井もそれはわかっているかもだが、中学時代に苛められた経験から、敏感になってしまうのだろう。

『たしかに陽斗くんはチンピラ顔だけど――あっ、もちろん良い意味でよ？』

慌てて付け足され、俺は苦笑する。

「チンピラ顔に良い意味とかあるのかよ」

『あるわよ。最近ギャップ萌《も》えを狙《ねら》った裏社会マンガが増えてきたでしょ。「花屋クザ」とか「チンピラ司書」とか、それこそ陽斗くんがオススメしてくれた「オタク極道《ごくどう》」とか最たるものじゃない』

唐突《とうとつ》にオタクトークが始まり、心臓がきゅっと引き締まる。いま挙がったタイトルに、当然聞き覚えなどない。

　琴美に助けを求めたいが、電話だと相談する声が聞こえてしまう。なんとかして自力で切り抜けないと！

「あ、ああ、最近増えてきたっけ！　裏社会のギャップ萌えいいよなー！」

『ねっ。秋から「オタク極道」始まるし、しかも主役が超ベテランの佐伯《さえき》さんでしょ？　これぜったいものすごいギャップになるわっ！』

「あ、あー、佐伯さんな！　いいよな佐伯さん！　ギャップがあって！」

『PVもいい感じだったものねっ！　ほら、三〇秒辺《あた》りのシーンあるじゃない？　あれ何回もリピートしちゃった！』

「わ、わかる！　わかるぞ！　三〇秒辺りな！　いいよなあそこ！　早く本編で見たいぜ！」

『あたしもっ。秋クールが楽しみね！』

「だなっ！　秋になるのが待ち遠しいぜっ！」

『ちなみに陽斗くんのオススメは？』

「俺の⁉　そ、そうだなー。オススメ多いからなー。どれを薦《すす》めるか迷うなー」

『続き物は除外していいわよ』

「そ、それでも多いんだよなー。ほ、ほら、秋クールって……豊作？　ってやつじゃん？」

頼む！　豊作であってくれ！　神アニメ目白押《めじろお》しであってくれ！　じゃないともう誤魔化《ごまか》し

きれない！

『たしかに豊作よねっ！』

よっしゃ！　豊作だった！

「だろっ？　あまりに豊作すぎて絞《しぼ》りきれないんだよ！　オススメ考えとくから今度チャットするときにでもあらためて訊いてくれ！」

『そうね。そうさせてもらうわ』

よかった……。無事に切り抜けられた。

「でさ、カラオケなんだが、琴美はどっちと行くんだ？　俺と？　それとも桃井たちと？」

胸を撫《な》で下ろしつつ、ズレた話を軌道修正する。

『あなたと一緒のほうがいいわね。電車一本くらいは遅れてもいいから、いっぱい琴美さんに話しかけて、緊張をほぐしてあげて』

「そうする。じゃ、琴美に確認するから。わかったらメッセージ送るよ」

お願いするわ、と通話が切れ、俺は琴美の部屋へ向かう。そしてノックしたところ、琴美が英単語帳を持ったまま出てきた。

サボってるかもと思ったが、ちゃんと勉強していたようだ。

「電話は終わったの？」

「ああ。明日の放課後カラオケ行って、俺が熱血戦姫の一期のオープニングを歌って、アニメ映像を見た高瀬の反応で、オタクかどうかを確かめることになった。で、桃井が琴美にも来てほしいってさ」

「私も？」

これが俺と桃井だけなら大喜びで即答しただろうが、高瀬が一緒だ。やはり緊張するようで、不安げな顔をしている。

だが、これを乗り越えれば高瀬との距離が縮《ちぢ》まるのだ。まだ高瀬がオタクだと決まったわけじゃないので、こないだの遊園地みたいに一気に仲良くなれると決まったわけじゃないけど、一緒に遊べば多少なりとも緊張がほぐれる。最初の一歩を踏み出すのは怖いだろうが、ここは勇気を出してほしい。

「歌うのが恥《は》ずかしいなら聞き専に徹してもいいし、会話に詰まったら俺があいだに入るから。だから頑張ってみないか？」

琴美は迷っている様子だったが……

「ハルにいがいるなら、頑張ってみる」

ぐっと拳《こぶし》を握りしめ、うなずいてくれたのだった。

◆

翌日。放課後を迎えるなり、俺と琴美は学校をあとにした。歩き慣れた通学路を進み、道を逸《そ》れると、琴美が待ったをかけてきた。

「寄り道するの？」

「ただの気分転換だ」

「こっちだと遠回りにならない？」

「問題ない。集合時間には間に合うから」

電車一本分は遅れるが、桃井の許可は得ている。カラオケを楽しんでもらうためにも琴美の緊張をほぐしてやらないと。

「ならよかった。遅刻したらふたりに悪いもん」

「ふたりと一緒に行けたら遅刻の心配はないんだけどな」

「ハルにぃと帰ったら、桃井さんがますますモテちゃうもんね」

琴美は桃井の男嫌いが演技であることを知っている。『学校では冷たくするけど、あなたのお兄ちゃんを嫌ってるわけじゃないから』と遊園地で聞かされたのだ。

「それよりカラオケ楽しみだなっ！」

俺は明るく声を弾ませた。感情ってのは伝播《でんぱ》するものだ。俺が心を躍《おど》らせることで、琴美もわくわくしてくれるかも。

「楽しみだけど……ハルにぃは緊張しないの？」

「しないぞ。桃井も高瀬も友達だからな」

高瀬が俺を友達だと思ってくれてるかはわからないが、勉強会で部屋に招いてくれたのだ。少なくとも知り合い以上とは思ってくれているはずだ。

「琴美は……やっぱり緊張するか？」

「するよ。カラオケは好きだけど、いつもはヒトカラだもん。人前で歌うのはすごく緊張する……」

「けどさ、中一の頃だっけ？　家族で旅行したとき、カラオケしただろ」

「家族はべつだもん。私が音程外しても、からかったりしないし……」

琴美はとにかく他人の目を気にする。

家族の前では堂々と振る舞えるけど、知らないひとが相手だと変に思われるんじゃないかと萎縮《いしゅく》してしまい、なにもできなくなってしまう。

「そりゃ世の中には音痴《おんち》だってバカにする奴はいるけど、桃井も高瀬もそんな奴じゃないだろ。ふたりとも優しいし、からかったりしないって。だから下手だからって萎縮するなよ」

琴美がムッと眉《まゆ》を上げた。

「べ、べつに下手じゃないよ。持ち歌だと九〇点は取れるもん」

「へえ、すげえな。だったら高瀬に聴かせてやれよ」

「で、でも、アニソンだし……知らない曲だと盛り上がらないと思うし……ネットにも『知らない曲を歌ったら場が白ける』って書いてあったから……」

　高瀬たちとカラオケに行くことになり、カラオケのNG行動を調べたらしい。

「ネットの情報なんか真《ま》に受けるなよ。友達と一緒なら知らない曲でも盛り上がるぞ。ほら、うちのクラスに山田《やまだ》っているだろ？」

「ハルにぃの友達の山田くん？」

「その山田。あいつはマイナーな洋楽ばっかりだが、ノリノリで歌うから場が明るくなるし、一緒に行くと楽しいんだ」

「私はノリノリで歌えないかも……ぜったい緊張しちゃうもん」

「だったら俺が盛り上げてやるから、琴美は一曲歌いきることに専念しろ。で、ちょっとずつ歌うのに慣れていこうぜ」

「う、うん。専念する」

「それと高瀬が歌ってるときはちゃんと聴いてやれ。真剣に聴いてもらえると嬉《うれ》しいから」

「わかった。ちゃんと聴く」

「あと高瀬に話しかけられたら、相《あい》づち以外の返事もしようぜ。会話に詰まりそうになったら、俺があいだに入ってやるから」

「頑張ってしゃべってみる」

「その調子だ。俺がついてるから、お前はなにも心配すんな。一緒にカラオケ楽しもうぜ！」

「うん。楽しむ！」

俺と話しているうちに緊張がほぐれてきたのか、琴美は顔を明るくしていく。それから駅にたどりつき、俺たちは電車に乗り込んだ。

　一〇分ほどして金浄駅に到着し、駅を出るとビル群に出迎えられた。

　金浄町はオフィス街。学生には縁遠《えんどお》い町だが、オタクである琴美にとっては第二の故郷とも言うべき場所だ。

　人通りの多い道を歩き、雑居ビルにたどりつく。七階建てで、アニメにマンガにカードにネカフェにカラオケなどの店が入っており、琴美はここを『オタクの楽園』と呼んでいる。

「いいか琴美、リラックスだ」

「リラックス、リラックス……」

「……準備はいいか？」

「う、うん。行ける」

　琴美とともにエレベーターに乗り、三階へ上がる。ドアが左右に開くと、カラオケ店の前にふたりの女子がいた。

「来た来た！　おーい、こっちだよー」

　ぶんぶん手を振る高瀬のもとへ。

「悪い。待たせたな」

「こっちもいま来たところよ」

「同じ電車に乗ってたのか？」

「ううん。一本早い電車。ただ、ナンパで足止めされたのよ」

「制服着てるのにナンパされたのか。相手も高校生？」

「大学生くらいね。私服ならまだわかるけど、明らかに女子高生だってわかるのにナンパするとかあり得ないわよね」

金髪碧眼《へきがん》の女子高生など滅多《めった》にお目にかかれないのでナンパしたくなる気持ちはわかるが、同意を込めてうなずいておく。

「怖くなかった？」

琴美が心配そうに言うと、桃井はにこやかな笑みを浮かべた。

「全然怖くなかったわ。もう慣れっこよ」

「すごい。大人の余裕ってやつだ……」

「真帆《まほ》っちはナンパされまくりだからね。去年海に行ったときとかすごかったよ」

「断っても断っても違うひとが来たものね……。せっかく新しいビキニ買ったのに、途中からラッシュガードを羽織《はお》るハメになったもの」

「効果あったのか？」

「ないよりマシ程度ね。せっかくの海なのに素直に楽しめなかったわ」

だったら次に行くときは俺をボディガードとして雇《やと》ってほしい。高瀬の水着姿を拝《おが》めるなら、荷物持ちでもパシリでも喜んで引き受けるぞ。

「さて、カラオケしましょっか」

桃井が気を取りなおすように言った。

自動ドアをくぐり、店内に入ると、女性店員がスマイルを向けてきた。

「いらっしゃいませ。四名様ですか？」

「四人です」

発起人《ほっきにん》の桃井が代表して答える。

「ご利用時間はどうなさいますか？」

「二時間でいい？」

いいよー、いいぞ、うん、と俺たちが言うと、二時間でお願いします、と桃井が伝える。

マイクとグラスを受け取り、まずはドリンクバーへ。オレンジジュースを注ごうとすると、くいっと制服の裾《すそ》を引っ張られた。

高瀬だった。

「ふたりで話したいから、ここにいて」

俺がなにか言う前に、高瀬が背伸びして囁《ささや》きかけてきた。頬《ほお》に息がかかり、熱くなった顔を縦《たて》に振る。

「ふたりともジュースは？」

「ごめんごめん。なににしようか迷ってて」

「俺もだ。これだけ多いと迷うよな。ふたりは先に行っててくれ」

わかった、と桃井と琴美は部屋へ向かう。

そしてふたりが部屋に入るのを確認すると、高瀬がひそひそと話しかけてきた。

「真帆っちと付き合ってること、藤咲《ふじさき》さんには言ってないんだっけ？」

それを気にしてたのか。たしかに琴美に言っているか言ってないかで、高瀬の振る舞い方も変わってくるな。

「言ってないぞ」

付き合っていると言えば、琴美はデートの邪魔になるからと三人でのオタ活を遠慮するかもしれない。

かといって、付き合っている演技をしているとも言えない。べらべらと他人に事情を話せば桃井の信用を裏切ることになってしまう。

「どうして言わないの？」

「恥ずかしいからだ。高瀬も恋人ができたとして、家族に打ち明けられるか？」

「うーん……。そう言われると恥ずかしいかも」

「だろ？　てなわけで琴美には内緒だ。納得したなら行こうぜ」

「あっ、待って。藤咲くんに頼みたいことがあるの」

そっちが本題だったのか、高瀬は真剣な目を向けてきた。

「なんでも言ってくれ」

「ありがとっ。すっごい頼りにしてるからっ」

「おうっ。それで頼みって？」

「藤咲さんとの仲を取り持ってほしいの。私、ひとに警戒《けいかい》されるのってはじめてで、自分じゃどうすればいいかわかんなくて……」

「高瀬は警戒されてないぞ。あれは単なる人見知りで、幼稚園児が相手でも発動するからな」

「そんなに人見知りなの？」

「ああ。中二の頃に幼稚園に職場体験に行ったんだが、すげえおどおどしててさ。世話をするどころか、逆に世話されてたくらいだ。そんなわけだから、高瀬が気に病《や》むことはないぞ」

「でも、真帆っちとは仲良くなれてるから。やっぱり私の態度に問題があるのかもって……」

「そんなことないって。高瀬はすげえ良い奴だよ。それに……そういや、ふたりがどうやって仲良くなったかは聞いてるのか？」

それにあいつらは同じ趣味を持ってるから、と言いかけ、べつの言葉に言い換えた。

桃井と琴美が友達になったのは、六月上旬の日曜日——。その翌日から高瀬を交えた三人で昼食を食べるようになった。そしてそれを高瀬はさも当然のように受け入れていた。

前もって桃井から『明日から琴美さんも一緒に食べる』と連絡があったのだろうが、なんて説明されたのかは知らない。

聞いてるよ、と高瀬はうなずく。

「駅で盗撮されて、近くにいた藤咲さんが注意してくれたって。それで感謝を伝えたら、心を開いてくれたって」

遊園地やオタクトークについては伏せられているが、だいたい合っている。あの一件から、ふたりのリアルでの友情は始まった。

「それを聞いて、私も藤咲さんと仲良くなりたいなーって思ったの。盗撮犯に注意するなんてすごく怖いことなのに、真帆っちのために勇気を出してくれたんだもんっ」

「それを聞いたら琴美も喜ぶよ。ぶっちゃけあいつも高瀬と友達になりたがってるし」

「そうなのっ？」

「ああ。ただ、やっぱり緊張はするみたいで。いきなりグイグイ絡んだら言葉に詰まっちまうだろうし……自然な形で仲を取り持つから、高瀬はいつも通りに過ごしてくれ」

「わかった。藤咲くんに任せるっ」

俺を信用してくれているのか、高瀬は清々《すがすが》しい笑みを浮かべると、オレンジジュースを注ぐ。

俺も同じものをグラスに入れ、ふたりで部屋へ向かった。

「お待たせーっ」

ふたりは歌ってなかったが、アニメの話で盛り上がっていたのか楽しそうな顔をしていた。

ひとまず俺は琴美の、高瀬は桃井の隣に腰かける。

「さてさて、歌っちゃいますかっ」

「そうね。誰から歌う？」

「真帆っちから歌いなよっ」

「まだなにを歌うか決めかねてるわ。あら、陽斗くんは決めてそうな顔してるわね」

どんな顔だよ。決めてるけども。

これを機に琴美と高瀬が仲良くなればと思っているが、ここに来た目的は高瀬がアニオタかどうかを確かめること。俺が歌わないことには始まらない。

「歌っていいのか？」

「もちろんっ。はい、どーぞ」

高瀬からタブレットを受け取る。

歌うのは熱血戦姫一期のオープニング曲『passionate princess』だ。さっそく選曲すると、モニターに曲名が表示された。

さあ、高瀬の反応やいかに！

「ぱしょなて……」

あ、これ知らない奴の反応だわ。

「パッショネートプリンセスだ」

「洋楽？」

「日本の歌」

明らかにアニメを見てないリアクション。高瀬アニオタ説はなさそうだ。そう諦めつつも、曲を入れてしまった以上は歌わないわけにはいかない。

マイクを握るとアップテンポなイントロが流れ、モニターにアニメキャラが映し出される。私服モードの熱血ちゃんだ。崖《がけ》に向かってダッシュして、両手を広げて飛び降りる。全身が光り輝き、熱血戦姫に変身すると大空へ舞い上がり、青空にタイトルロゴがドーンと出てくる。

それと同時に歌が始まり、オープニングを熱唱する。ちらっと高瀬を窺《うかが》うと、身体《からだ》を小さく揺らしてリズムを取ってくれていた。

最後まで歌いきると、みんなが拍手《はくしゅ》してくれた。

「陽斗くん、上手ね」

「ハルにぃ上手」

「藤咲くんも熱血戦姫が好きだったんだねっ」

その一言に驚いたのは俺だけじゃなかった。琴美と桃井も食い入るように高瀬を見ている。

藤咲くん『も』ってことは……

「高瀬も熱血戦姫が好きなのか？」

「ストーリーはわかんないけど、可愛いなーって思うよ」

「アニメは見てないってことか？」

「うん」

「じゃあ、藤咲くん『も』って？　ほかに誰のことを言ってるんだ？」

「藤咲さんだよ。こないだ藤咲さんのために、熱血ちゃんと微熱ちゃんのぬいぐるみの衣装を縫ってたじゃん？　藤咲さんのためって言ってたけど、藤咲くんもあのキャラ好きだったんだなーって」

　ああ、そういうことか。

「ていうか陽斗くん、そんなことしてたの？」

　桃井が意外そうに口を挟《はさ》んできた。

　琴美から桃井への贈り物なので、俺が関《かか》わっていると知られるのは避けたかったが、バレてしまった以上はしょうがない。

「まあな。琴美に頼まれたんだよ」

「藤咲くんね、偉いんだよっ！　何回も針で指を刺しちゃったのに、『琴美のために今日中に仕上げたいんだ』って頑張ってたの！」

「ほんと妹思いね」

　桃井は感心した様子だ。

「でね、それだけ頑張るってことは、藤咲さんはそのキャラが大好きってことじゃん？」

「う、うん。大好き……」

「だよねっ。だからクリアファイルをもらったの」

にこやかにそう言うと、高瀬はカバンからクリアファイルを取り出す。熱血戦姫の全員集合イラストが描かれたクリアファイルだ。

それを差し出され、琴美はきょとんとする。

「ど、どうして私に？」

戸惑《とまど》われ、高瀬は照《て》れくさそうに頬をかく。

「私、藤咲さんと仲良くなりたいからさー。なにすれば喜んでもらえるかわかんなかったけど、これなら喜んでくれるんじゃないかなーって。さあさあ、お近づきの印《しるし》にどうぞ」

笑顔で渡され、琴美は伏し目がちに受け取る。

大事そうにクリアファイルを胸に抱き、たどたどしい口調で、

「あ、ありがと……私なんかと仲良くなりたいと思ってくれて。私、全然しゃべらない根暗《ねくら》女なのに……」

「だったら、これからいっぱい話そうっ」

「う、うん。私も高瀬さんとおしゃべりしたい……。けど、なにを話せばいいかわからなくて……共通の話題、ないから……」

「藤咲さんの趣味って？」

「アニメとマンガとゲーム。高瀬さんは？」

「スポーツとファッションと海外ドラマ」

　一致する趣味はなさそうだが、共通の話題なら存在する。ふたりは気づいてなさそうだし、助け船を出すならきっとここだ。

「共通の話題ならあるだろ」

「それってなにっ？」

「ハルにぃ、教えて」

「琴美も高瀬も、勉強がめっちゃ苦手だろ」

　高瀬が意外そうに琴美を見る。

「えっ、藤咲さん勉強苦手なの？　藤咲くんの妹だし、ぜったい賢《かしこ》いって思ってた」

「全然賢くない……。前回のテスト、下から三〇番目だったもん」

「えっ、三〇番目!?　私、下から三一番目だったよ！」

「ほ、ほんとに？　私の一個上？」

「うんっ！　これはもうライバルだね！　次も勝つぞー！」

「応援したいけど、私も負けられない。負けられない理由があるから……！」

「おおっ、なんかかっこいい台詞《せりふ》だね！　理由って？」

「一〇位下がるごとに、お小遣いが一〇％ずつカットされちゃう……」

「最大三〇％カットは痛いね……。じゃあ頑張らないとだ！」

「うん、頑張る！　でも、せっかくカラオケに来たから、いまは勉強のことは忘れたいかも」

「わかるっ！　私もだよ！　今日はいっぱい歌おう！」

「うん、歌う……！　アニソンしか知らないけど……」

「いいね。聴かせて聴かせて！」

アニソンをせがまれ、琴美は嬉しげに顔を明るくした。

「次、私が歌っていいっ？」

「おう。じゃんじゃん歌え」

「あたしのことは気にしなくていいわ」

琴美はタッチパネルを取り、さっそくアニソンを選び始めた。すると桃井が期待するような眼差《まなざ》しで、

「陽斗くん、そろそろ立っておいたほうがいいんじゃない？」

「立つ？」

「ほら、アニソン聴いたらオタ芸しちゃうタイプでしょ」

その設定、忘れてた！

「えーっ、なにそれ！」

「こないだカラオケに行ったとき、隣の部屋からアニソンが漏《も》れてきて、陽斗くんってば急に踊り出したのよ。すっごいキレキレで笑えるわよっ」

「見たい見たい！」

好きな女子にオタ芸を見せるのは恥ずかしいが、期待の眼差しを向けられている以上は踊らないわけにはいかない。

「踊りたいから、さっさとアニソン入れろよ」

オタ芸を披露《ひろう》するハメになったのは、琴美がチャットでよけいなことを言ったからだ。申し訳なく思っていたのか、選曲をためらっていた琴美に告げる。

わかった、と琴美は選曲を済ませる。

選んだのは熱血戦姫二期のオープニング曲だった。イントロが流れ、琴美が歌い始めるのと同時に俺は腰を激しく振り、腕を高速スピンさせる。

「あははっ、上手上手！」

「何度見ても面白《おもしろ》いわねっ。見た目と動きのギャップが……ふふっ」

高瀬と桃井がおかしそうに笑い、琴美まで吹き出してしまっている。めっちゃ恥ずかしいが、楽しんでいるならなによりだ。

そうして終始賑《にぎ》やかな雰囲気《ふんいき》のまま、俺たちはカラオケを楽しんだのだった。

◆

二時間のカラオケタイムが終わり、俺たちはまねきん猫をあとにした。

すでに一九時を過ぎているが、空はまだ明るかった。仕事終わりのサラリーマンが道を行き交《か》い、昼間と同じくらいの賑々《にぎにぎ》しさがある。

「あー、歌った歌った！　楽しかったねっ」

「うん、楽しかった。歌いすぎて喉がガラガラになっちゃいそう」

「私もー。あっ、そうだ。藤咲さん、連絡先交換しない？」

「うんっ。私も交換したい」

「やったー。あとさあとさ、琴美ちゃんって呼んでいい？」

「いいよっ。ハルにぃと同じ名字だから、ややこしいもんね」

俺のことも陽斗くんって呼んでくれ！　ついでに俺とも連絡先を交換してくれ！　ああっ、琴美が羨《うらや》ましい！

しかし羨ましがってるだけじゃ高瀬との関係は進展しない。

付き合ってもないのに名前で呼んでくれってのは変に思われそうだが、このタイミングなら連絡先の交換を申し出てもおかしくないはずだ。

「ついでに俺とも交換しないか？」

邪魔にならないようふたりが連絡先を交換し終えたところで、俺はそう切り出した。

「え、藤咲くんと……?」

な、なんだこのリアクションは。嫌そう……ってわけじゃないけど、ためらっているように見えるぞ。

ちょっと踏み込みすぎたか?

もうちょいコツコツ仲を深めるべきだったかも……。

後悔してももう遅い。後付けでもなんでもいいから、連絡先を交換するに足る正当な理由を用意しなければ!

「ほ、ほら、勉強で困ったとき、連絡先を知ってたほうが助かるだろ?」

「助かるけど……」

高瀬は困ったように眉を下げ、ちらりと桃井の顔色を窺う。

「あたしの顔になにかついてる?」

「ううん、そうじゃなくて……真帆っち、ちょっといい?」

高瀬に手招きされ、桃井がそちらへ向かう。高瀬は少し背伸びして、ごにょごにょと耳打ちする。

まじめな顔をしていた桃井は、突然ふふっと吹き出した。

「そんなの気にしなくていいわよ」

「でも……嫌じゃない？」

「そんなふうに遠慮されるほうが嫌よ」

「ほんと？　私に遠慮してない？」

「遠慮なんかしてないわ。鳴ちゃんがそうしたいなら、好きにしてくれていいわよ」

「わかった。じゃあ好きにするねっ」

気にしなくていい、嫌、遠慮などのワードを聞き、事情を察することができた。女子と連絡先を交換すれば桃井が浮気を疑い、不安になるかもしれないため、ためらっていたのだろう。

「お待たせー。交換しよっか！」

よかったー、嫌がってるわけじゃなくて……。

「おうっ」

片思いから一年三カ月。ついに高瀬の連絡先をゲットできた！

こういうのは最初が肝心《かんじん》だ。連絡を怠《おこた》っていると、メッセージを送りづらくなってしまう。帰ったら挨拶《あいさつ》を送り、気軽にやり取りできる雰囲気を構築せねば。

連絡先を交換すると、俺たちは金浄駅へ向かう。

「じゃ、あたしはタクシーで帰るから」

駅前に到着すると、桃井が言った。桃井は金浄町に住んでいるようで、前回カラオケに来たときもタクシーで帰っていた。

「あっ、待って。桃井さんに話したいことがあるの」

「あたしに？」

「うん。忙しいなら電話でもいいけど……大事なことだし、直接顔を見て話したほうがいいかなって」

「いいわよ」

「そろそろ電車来ちゃうから、私は帰るね？」

「うん。ばいばい高瀬さん、また学校で」

「駆け込み乗車しないようにね」

「またな高瀬」

またねー、とぶんぶん手を振って、高瀬は駅に駆けていった。

ちなみに俺が高瀬についていかなかったのは、琴美に制服の裾を摑《つか》まれているからだ。これからする話は、俺にも関係あることらしい。あるいは、ただ単にひとりで帰るのが寂《さび》しいだけかもしれない。

「それで、話って？」

大事な話らしいので、桃井は緊張するのかわずかに顔を強《こわ》ばらせている。

「えっとね、ハルにぃが作ってたぬいぐるみ、ほんとは私への贈り物じゃなくて、私から桃井さんへの贈り物なの」

自力で作ったことにしたほうが『琴美からの贈り物感』があるが、さっきぬいぐるみの話が出たしな。俺が関わったことはバレたので、打ち明けることにしたらしい。

「贈り物って……誕生日プレゼント？」

「うん。ほんとは自力で作りたかったけど、私すっごく不器用で……ハルにぃも得意じゃないみたいで、だから高瀬さんに頼ることにしたの。ハルにぃが高瀬さんから縫い方を教わって、それを私に教えてくれて……」

不器用な友達が自分のためにぬいぐるみ作りを頑張っているのだ。てっきり喜ぶと思いきや、桃井は戸惑っているようだった。

しかもなぜか琴美ではなく俺を見ている。

「じゃあ陽斗くんは、あたしのために指を怪我したってこと？」

「そう言われるとそうだが、気にするなよ？　そんなに深く刺したわけじゃないし、もう治りかけてるから」

「だけど……痛くなかった？」

「一瞬チクッとしただけだ」

「でも、何回も刺したのよね？」

「まあな」

「嫌にならなかったの？」

「ならなかったぞ」

高瀬と一緒に過ごせるし、琴美に『手伝う』と約束したし、桃井の誕生日プレゼントなのだ。

針で刺したからって途中で投げ出そうとは思わなかった。

トイレを我慢《がまん》しているのか、桃井が太ももをモジモジさせる。

「あたしのために、どうしてそこまでしてくれたの？」

「桃井を喜ばせたかったからだ」

「あたしを喜ばせて、あなたに得でもあるの？」

俺が桃井のために頑張るのがそんなに意外かね。……意外かも。ほかの男子と違って、俺は桃井に恋愛感情を持ってないわけで、ご機嫌取りなどする必要はないのだから。

しかし恋愛感情がないからって、好意がないわけじゃない。友達付き合いを続けるためにも、はっきりと気持ちを伝えておいたほうがいいかもな。

「損得《そんとく》の問題じゃない。俺は桃井のことが友達として好きだし、大事に思ってるんだ。だから喜ぶ顔が見たかった。ただそれだけだ」

「そ、そうなんだ……ふーん……」

青い目をぱちくりさせ、白い肌《はだ》がじわじわと赤らんでいく。……おい、そんな反応するなよ。こっちまで恥ずかしくなっちまうだろ。

嬉しそうに口元を緩《ゆる》ませてるし、取り消すつもりはないけどさ。

「そんなにあたしが大事なら……陽斗くんにも、お祝いさせてあげるわ」

桃井は照れくさそうにそっぽを向いて言った。

「俺も行っていいのか？」

「ええ。七月二日の一三時から、嵐《らん》ちゃん家《ち》のカフェでパーティすることになってるの。ほかに鳴ちゃんと葵《あおい》ちゃんが来てくれるわ」

桃井は気遣わしげに琴美を見て、

「みんながいると緊張するでしょうし、別日にカフェにでも誘おうかなって思ってたけど……よかったら琴美さんも来てくれない？」

「行きたいっ」

「寿《ことぶき》と青樹《あおき》がいるけど、平気か？」

「緊張するけど、桃井さんをお祝いしたいもん」

琴美……成長したな。この調子で人見知りを克服して、ついでに成績を七〇位くらい上げてくれれば父さんと母さんも安心するぞ。

琴美の人見知りっぷりを知っているからか、桃井も嬉しげだ。

「ありがとっ。美味《お》しいケーキが出るみたいだから、期待しててねっ」

「うんっ。あ、だけど……桃井さんって、オタクだってことは内緒にしてるんだよね？　ぬいぐるみを渡したら、みんなにオタクだってことバレちゃわない？　特に高瀬さんは熱血戦姫を知ってるし……」

「そこは袋詰めなり箱詰めなりして『あとで開けて』って言えばいいだろ。もしくはいっそ、オタクだって打ち明けるとか」

無理強《むりじ》いはしたくないが、いい機会だ。これを機に仲良しグループだけにでもオタクだって打ち明けてくれればと思っている。

学校でオタクトークしろとまでは言わないが、友達に趣味を明かしたほうが、桃井も気楽に過ごせるはずだ。

「打ち明けるのは怖いけど……正直言うと、あたしもアニソン歌いたかったわ」

「歌えばよかったんだよ。高瀬、アニソン聴いても笑顔だっただろ」

世の中にはオタク趣味をバカにする奴もいるだろうが、少なくとも高瀬は違う。アニソンを受け入れてたし、オタクだと知りながら琴美と友達になってくれた。

「嵐ちゃんと葵ちゃんも、受け入れてくれるかしら？」

「受け入れてくれるって。そもそもぬいぐるみは寿の家で作ったからな。それに青樹だって、俺を同好会に誘うような奴だぞ？　チンピラ顔を受け入れたのに、友達の趣味を受け入れないとかあり得ないだろ」

だから打ち明けてみろよ、と背中を押すと、桃井が上目遣《うわめづか》いに見つめてきた。甘えるような声色《こわいろ》で、

「……あたしと一緒に、陽斗くんもオタクだって打ち明けてくれる？」

「俺が？」

「やっぱり嫌……？」

「べつに嫌じゃねえよ。桃井のために俺も打ち明けてやる」

俺が一緒に打ち明けたところで三人のリアクションは変わらないだろうが、桃井の気持ちが変化するなら話はべつだ。それで勇気が出るのなら、打ち明けることにためらいはない。

で、どうする？　とたずねると、桃井は意を決したようにうなずくのだった。

「打ち明けてみる」

第三幕　妹のネトゲ嫁を祝った

六月末の金曜日。

その日の夜。俺は試験勉強をしていた。

期末試験は七月六日と七日、土日を挟《はさ》んで一〇日と一一日と一二日に実施される。試験まで一週間を切っているが、日々の復習のおかげで問題集は楽勝だ。

試験範囲にわからない問題がなくなり、高瀬《たかせ》にも『藤咲《ふじさき》くんの妹だから賢《かしこ》いと思ってた』と評価されたので、勉強のモチベーションが削《そ》がれてしまった。

もちろん先々を見据《みす》えるなら勉強して損《そん》はないが、俺は元々遊びを優先し、試験前に慌《あわ》てて勉強していたタイプだ。気晴らしにぱーっと遊びたい欲求が湧《わ》いてきた。

そんなわけで、友達にメッセージを送ってみる。

【明日遊ぼうぜ】

【めっちゃ遊びてえ！　オレに藤咲の学力を分けてくれ！】

【ほらよ学力】

【だめだ賢くなった気がしない！　また今度誘ってくれ！】

山田《やまだ》は無理か。

【いま遊んだら赤点取る未来が見える】

小林《こばやし》もだめか。

【明日遊ばないか？】

【そっちの高校って期末試験終わった？】

【来週の月曜から。いま死にかけてる】

【りょーかい。勉強がんば】

【うい】

他校の石山《いしやま》を誘ってみたが、あいつも試験期間の真っ最中らしい。

こりゃほかの奴《やつ》らも無理そうだな。だったら勉強するしかないか。

そう気持ちを切り替え、勉強を再開しようとしたところ、スマホから電子音が響く。さっき連絡した誰かが心変わりしたのだろうか。

【勉強やってる？】

送り主は、桃井《ももい》だった。

あいつから連絡が来るとか珍《めずら》しいな。漆黒夜叉《ダークネスダーク》がログインしないからスマホで連絡を取ってきたのかね。桃井も試験前はログインしないタイプだったと記憶しているが、緊急で話したいことでもあるのだろうか。

それとも……夏アニメの話じゃないよな？

アニメの話題になるのは困るが、既読スルーは心苦しい。そのときは勉強を口実に逃げればいいか。

【勉強なら毎日やってるぞ】

【まじめね。狙《ねら》ってる大学あるの？】

【地元の国立を第一志望にしてる】

【じゃあ大学でも一緒かもね】

【桃井もか】

うちは進学校だ。就職希望の生徒もいるだろうが、基本的には進学を目指す。そして、一番人気は地元の国立校だ。

我が家は経済的には余裕があるが、兄妹を同じタイミングで私立へ行かせるのは厳しかろう。俺が国立なら琴美《ことみ》は私立でも問題ないが、経済的な理由を差し引いても、琴美を同じ大学へ行かせたいのが本音である。

寂《さび》しいわけじゃない。保育園から小中高とずっとそばで見守ってきたため、違う大学に進学されると心配なのだ。

学力的な問題さえなければ、琴美も俺と同じ大学に行きたがるはずだ。そこに桃井がいるとなれば、モチベーションも上がるはず。

【それ琴美に教えていい？】

【どうして？】

【琴美がやる気を出しそうだから】

さっき勉強のモチベーションが削がれたが、桃井がいるなら俺もやる気が出る。地元の国立大学に進学できそうな友達は、いまのところいないから。

大学入学後に新しく作ればいいだけの話だが、友達がいてくれたほうが俺も嬉《うれ》しい。

【教えていいわよ。ところで陽斗《はると》くんは休日ずっと勉強する予定？】

【適度に休憩《きゅうけい》を挟みつつな。なんで？】

【気晴らしにゲーセン行こうかなって】

ゲーセンか。それなら俺でも楽しめる。アニメ知識が必要なゲームはお手上げだが、太鼓《たいこ》のゲームとかパンチングマシーンとかエアホッケーなら友達とやったことあるし。

ただ……

【琴美は行けないぞ。あいつ勉強しないとだから】

父さんに外出禁止令を出されたのだ。明後日《あさって》の誕生日パーティは快諾《かいだく》されたが、ゲーセンとなると話はべつ。許可されるわけがない。

【じゃあふたりで行きましょっか】

元々はふたりでオタ活していたからか、俺だけでも気にならないらしい。

【いいぜ。あんまり長居はできないけどな】

【こっちもそのつもり。あくまで気晴らしだからね】

【場所は？】

【慈育《じいく》駅近くの商店街のゲーセンでどう？】

慈育駅は金浄《きんじょう》駅のひとつ手前。片道一〇分もかからない。ゲーセンを利用したことはないが、商店街のカラオケに行ったときに見かけたことがある。

【りょーかい。何時から遊ぶ？】

【そっちの都合に合わせるわ】

【腹が減ったら解散ってことで、一〇時半に駅前集合でどうだ？】

メッセージを送ると、親指を立てた熱血ちゃんのスタンプが送られてきた。事前に購入していた同じスタンプを送り返すと、俺は勉強を再開するのだった。


そして翌日、土曜日。

待ち合わせの五分前、俺は慈育駅にやってきた。じめじめした空気が漂う外に出て、燦々《さんさん》と降り注ぐ日差しに目を細めつつ、視線を巡《めぐ》らせる。

騎馬武者像の周りを取り囲むベンチに、金髪女子が腰かけていた。白い半袖《はんそで》ブラウスに黒のタイトスカートを合わせた格好《かっこう》で、サングラスをかけている。爽《さわ》やかな格好で、白いバッグが清涼感をプラスしている。

桃井だ。

こうして端《はた》から見ると、めっちゃ美人だな。座ってるのにスタイルの良さが際立《きわだ》っている。ベンチはすべて埋まってるのに、桃井の両隣にだけ女性の姿が見当たらないのは、比較されるのが嫌だからかも。

「待たせたな」

小走りに駆け寄ると、退屈そうにスマホをいじっていた桃井はパッと顔を上げ、薄色レンズ越しに俺を見るなり笑みを浮かべた。

「さっき着いたところよ。早く涼《すず》みたいわ」

「俺もだ。行こうぜ」

桃井と肩を並べて商店街へ。駅近くには背の高い建物が目立つが、太陽は頭上だ。ビル影に避難できず、直射日光に晒《さら》され、とめどなく汗《あせ》が噴《ふ》き出してくる。

「勉強は順調？」

あごの下の汗を拭《ぬぐ》っていると、桃井が話しかけてきた。

「めっちゃ順調。クラスで三本の指に入るのは確実だな」

「あら、謙遜《けんそん》しないのね」

「勉強は自信あるからな」

「あれだけアニメを見てるのに成績上位ってすごいわね」

「ま、まあ時間の使い方が上手《うま》いのかもな！　それより桃井は勉強どうだ？」

アニメの話を避けるべく、さっさと話題を切り替える。

「古典と生物と日本史と数学を中心にやってるわ」

「六日と七日の科目か」

古典と同日に英語が実施されるが、桃井は帰国子女だ。勉強しなくても解けるのだろう。

「残りは休みを挟むから、いまから慌てなくてもいいかなって。もちろん、まったく手つかずってわけじゃないけどね」

「桃井的に古典と英語が同日なのがラッキーだよな」

「そうなのよっ。おかげで古典に集中できるし、陽斗くんに頼らずに済んだわ」

「また勉強会を企画《きかく》してくれてもいいんだぜ？　前回のメンバーに琴美を入れてさ」

「それだとおしゃべりしちゃいそうね。鳴《なる》ちゃんと琴美さん、仲良くなったもの」

「昼休みも楽しそうにしゃべってるしな」

「ね。ずっと心配だったけど、やっと安心して食事できるわ」

「俺もだ」

「ほんと妹思いね。教室で食べるようになったのも、琴美さんが心配だったから？」

「それもあるし、学食って混《こ》むんだよ。だからしばらくは弁当派だ」

「だったら、お弁当作ってあげよっか」

「え!?　弁当!?」

桃井がびっくりしたように肩を揺らす。

「驚きすぎじゃない？」

「そりゃ驚くって。男嫌い設定はどうすんだよ。俺に弁当渡したら、せっかく築いた男嫌いなイメージが吹っ飛んじまうぞ」

「こっそり渡せばバレないわよ」

「ぜったいにバレない保証はないだろっ。気持ちは嬉しいけど気持ちだけで充分だから！」

「そ。だったら夏休みにでも振る舞ってあげるわっ。最近ね、チャーハン以外も作れるようになってきたの。ナポリタンとか焼きそばとか。日に日に美味《おい》しくなってる気がするわっ」

桃井は嬉しげにそう語る。

チャーハンはとんでもない味だったが……いつまでも料理が苦手なわけじゃないか。苦手を克服するために頑張ってるなら、次こそは美味しくいただけるかも。

「あなたが美味しく食べてくれたら自信が出るんだけど……」

きっかけは高瀬の手料理だと勘違《かんちが》いしたことだけど、友達の落ち込む顔は見たくない。一度褒《ほ》めた以上は褒め続けないと。

「わかった。夏休みにでもご馳走《ちそう》してくれ」

「楽しみにしててねっ！」

アニメトークじゃないのに、桃井は明るく笑っている。気分転換になりさえすれば、どんな話題でもいいわけだ。

そうして話していると、道の向こうに商店街のアーチゲートが見えてきた。雨天でも買い物が楽しめるアーケードで、休日だからか賑《にぎ》わっている。

商店街に入ってほどなく、ゲーセンに到着する。入店すると、賑々《にぎにぎ》しい音楽とともに涼しい空気が出迎えてくれた。生き返るぜ……。

「んで、桃井はなにがしたいんだ？　やっぱ格ゲー？」

「でもいいけど、せっかくだからゲーセンでしか遊べないものがいいわね」

言いながら、桃井はサングラスをバッグに入れる。

「エアホッケーとか？」

「いいわね。ウルバトの借りを返してやるわ」

「またボコボコにしてやるぜ」

俺たちはエアホッケーへ向かう。

「あたしがお金出そっか？」

「これくらい俺が出す」

「そ。ありがとね」

俺たちは位置につき、コインを入れると盤上から風が吹き出した。ゴール下の取り出し口を見ると、円盤が入っている。

正式名称不明のスタンプみたいな器具を握り、いくぜ、と正面に目をやると、桃井は器具を握って前のめりになっており――

「かかってきなさい！」

Vネックの隙間《すきま》から谷間が見えている！

俺は咄嗟《とっさ》に目を逸《そ》らした。

「どこ見てるの？」

「べつに」

「だったらこっち向きなさいよ。早く始めましょっ。……おーい、陽斗くーん？」

「……」

「なに？　そういう作戦？　正攻法で勝てないから、こっちの油断を誘おうとしてるの？」

桃井が挑発するように言った。

そんなんじゃねえよ、と桃井を見る。……胸の谷間は健在だった。見ちゃいけないと頭ではわかってるのに、視線が吸い寄せられてしまう。

このまま見て見ぬふりをしてもいいが、近くに男がいるしなぁ。恥《は》ずかしいけど、指摘《してき》したほうがいいか……。

「桃井。桃井」

「なによ」

「胸、見えてるぞ」

「え？　――あっ！」

桃井は慌てて胸元を手で押さえた。顔を赤らめながら、周りの視線を気にするように辺《あた》りを見まわす。

「まだ誰にも見られてないから」

「そ、そう。教えてくれてありがと。それと……よかったら、エアホッケーのあいだだけでもそのシャツ貸してくれない？」

「いいけど汗臭いぞ」

「気にしないわ」

だったら貸してやろう。これは桃井が奢《おご》ってくれたシャツでもあるし。

ほらよ、と手渡すと、すぐに羽織《はお》ってボタンを閉める。腕周りや肩周りはぶかぶかなのに、胸元だけはパンパンだ。

「着心地はどうだ？」

「悪くないわ。ていうか、このシャツ暑くない？」

袖《そで》まくりしながら桃井が言う。

「暑くて当然だろ。春服なんだから」

「夏服持ってないの？」

「持ってるけど、それ気に入ってんだよ」

桃井が口元を綻《ほころ》ばせる。

「ふぅん、そんなに気に入ったんだ。だったらさ、夏休みにでもまた服買いに行く？」

「マジで？　また選んでくれんの？」

「ええ。男子の服を選ぶの、新鮮で面白《おもしろ》いもの」

ちょうど夏服が欲しいと思っていたところだ。オシャレな桃井が選んでくれるなら、心強いことこの上ない。

「ついでに琴美の服も選んでくれよ」

「いいわよ。藤咲兄妹をオシャレ兄妹にしてやるわ」

琴美は服に無頓着《むとんちゃく》だが、桃井と一緒なら喜んで買い物についてくるだろう。実際、遊園地で帰りに服を買おうと話してたし。……まあ、その前に立ち寄った書店で散財してしまい、服は買えなかったのだが。

「んじゃ勝負するか」

ともあれ準備が整い、俺たちはエアホッケーを始めた。

桃井は運動が得意だが、俺だって負けちゃいない。反射神経と動体視力は俺のほうが勝っているようで、八対二のぶっちぎりで勝利した。

「っしゃあ！　俺の勝ち～」

「ちょっとは手加減しなさいよ」

「遊びには手を抜かない主義だから。もっかいする？」

「負けっぱなしは悔《くや》しいけど……やめとくわ。これ以上やったら汗かいちゃう」

空調は効《き》いてるが、身体《からだ》を動かした上に春服だ。借り物の服に汗の匂《にお》いをつけたくないのか、桃井はさっさとシャツを脱いだ。

それを羽織った途端《とたん》、良い香りに包まれた。汗どころか甘い匂いがする。さっきまで桃井が着ていたのだと思うと、不覚にも興奮《こうふん》してしまった。

そうとも知らず、桃井はわくわくとした眼差《まなざ》しを向けてくる。

「次なにする？」

「なんでもいいが……そうだな。クレーンゲームとかどうだ？」

「え？　陽斗くん、クレーンゲームはぜったいしないって言ってなかった？」

そうなの!?　琴美にやりたくないゲームとかあるの!?

「そ、そんなこと言ったっけ？」

「言ったわよ。一カ月分のお小遣《こづか》いを全部吸い取られて、景品はひとつも取れなくて、二度としないと誓《ちか》ったって。店員さんに頼めば取りやすい位置に動かしてもらえるのに、プライドが許さないからって自力でなんとかしようとしたんでしょ？」

めっちゃ具体的な理由を述べられた。

これだけ鮮明に記憶してるなら誤魔化《ごまか》せねえな。

「あ、ああ、そういや言った気がする」

琴美がクレーンゲームをやりたがらない理由もわかった。プライドが邪魔したわけじゃなく、人見知りゆえに頼めなかったのだ。

「ただ、ひさしぶりにやってみようかなって」

「だったら応援するわ。ここってアニメのフィギュアがけっこう充実してるのよ」

それはマズい！　そっちに行けば必然的にアニメの話題になっちまう！

慌てて周囲に目を配り、小さなクレーンゲームの筐体《きょうたい》を発見する。景品は手のひらサイズの動物のぬいぐるみキーホルダーだ。

「あれにするぜ！」

「フィギュアじゃなくていいの？」

「フィギュアはお金と時間がかかりそうだしな」

俺もクレーンゲームは得意じゃないのだ。一〇〇〇円札がポンポン飛んでいきそうな大物にチャレンジしようとは思わない。

「さっそくやろうぜ！」

有無《うむ》を言わせずそちらへ向かうと、桃井はついてきてくれた。

ケース内には可愛《かわい》くデフォルメされた動物のぬいぐるみがぎゅうぎゅう詰めになっている。

一回一〇〇円で、これくらいのサイズなら一〇〇〇円以内にゲットできそう。

「へえ、可愛いわね」

「だろ？　アニメキャラもいいけど、たまにはこういうのも悪くないかなって」

言いながら一〇〇円を入れ、ボタンを押してアームを操作する。

アームがシマウマの腹を掴《つか》み、持ち上げると――アームのツメにキーホルダーが引っかかり、べつのシマウマも一緒に上がってきた。そのまま落ちることなく獲得口に落下する。

「すごっ！　二個取りね！」

「ビギナーズラック発動だなっ」

テンションを上げつつ景品口に手を突っ込み、ひとつを桃井に向ける。

「一個やるよ」

「くれるの？」

「ダブったしな。いらないなら琴美にでもやるが――」

「ううん、もらうわ」

パッとシマウマを手に取ると大事そうに胸に抱き、桃井は嬉しげに目を細めて笑う。

「ありがと。大事にするわねっ」

「おう。そんだけ喜んでくれりゃ一〇〇円を払った甲斐《かい》があるぜ。桃井ってぬいぐるみが好きなのか？」

「けっこう飾ってるわよ。アニメキャラオンリーだけど、この子も仲間に加えてあげるっ」

「熱血ちゃんと微熱ちゃんも頼むぜ」

「もちろんよ。一番いいところに飾るわ。陽斗くんのプレゼントも楽しみにしてるからね」

「あんまりハードル上げんなよ？」

桃井への誕生日プレゼントは、ドリステのミオミオが描かれた金属製オイルライターとマグネットスタンドにしてみた。

専用のスタンドがあるってことは飾るために買う奴もいるってことだが、女子高生への贈り物にオイルライターはどうなんだろうかといまさらながら不安に思っている。

「気持ちさえこもっていればなんだって嬉しいわ。誕生日、楽しみにしてるわねっ」

「ああ。ちゃんと祝ってやるよ」

プレゼントを見たときのリアクションがやや不安だが……待ち遠しそうにほほ笑まれ、俺の頬《ほお》も自然と緩《ゆる》んでしまうのだった。

◆

七月二日、日曜日。

ついに迎えた桃井の誕生日当日。早めに昼食を済ませると、俺と琴美は待ち合わせの三〇分前に家を出た。

天気は快晴。雨よりはマシだが、さっきまで空調の効いた部屋にいたため気温差がヤバい。おまけに今日は今年一番の暑さだ。厳しい日差しに頭が茹《ゆ》で上がっちまいそう……。

ギラギラとした太陽から逃げるようにうつむくと、琴美もうなだれていた。ふたりとも下を向くのは危ないか……。

しょうがなく顔を上げる。あごを伝う汗を拭い、シャツの胸元をパタパタさせながら歩いていると、「うう、どうしよ」だの「うう、平気だよね……」だのとうめき声が聞こえてきて、ぶっ倒れないか心配になってきた。

「帽子取りに帰るか？」

引き返すのは面倒《めんどう》だが、琴美がうなずけば俺も帰る。中一の頃の帽子なので窮屈《きゅうくつ》だろうが、直射日光を浴び続けるよりはマシだ。

「いい。似合わないから」

「帽子が似合わない奴とかいないだろ」

「ここにいるよ。私が帽子を被《かぶ》ったら、変な感じになっちゃうもん」

「被り慣れてないから違和感あるだけだろ。持ってないなら母さんに貸してもらえよ」

「ううん。一応持ってる。リンちゃんのワッペンがついた帽子」

「どんなキャラかはわからんが、持ってるなら被ろうぜ。じゃないとカフェにたどりつく前に倒れちまうぞ」

カフェまでは歩いて一五分ほど。それくらいなら俺は平気だが、引きこもりがちの琴美には過酷《かこく》な道のりだ。

パーティは一三時から。いま引き返しても余裕で間に合う。なんなら自宅にタクシーを呼ぶのもありだ。

「日差しは我慢《がまん》できるけど……一度着替えに帰ったほうがいいかも……」

「そんなに汗かいたのか？」

じゃなくて、と琴美は自信なさげに俺を見上げる。

「この格好《かっこう》、桃井さんに失礼じゃないかな……？」

上は白いTシャツ、下はふわっとした白いプリーツスカートだ。足もとはサンダルで、推《お》しぬい入りのリュックを背負っている。

「爽やかで夏っぽい、いい格好じゃねえか」

「でも三年くらい着てるから傷《いた》んでるし……お母さんに頼んで、ドレス借りたほうがよかったかな？」

「気にしすぎだろ。社交パーティじゃねえんだから、みんな普段着で来るって」

「ほんとに？」

「ほんとに。だいたい、考えてみろよ。あの優しい桃井が、服が傷んでるからって失礼だとか言うと思うか？」

「……思わない」

「だろ？　だから堂々と桃井の誕生日を祝ってやりゃいいんだよ。そんでもって、これを機に寿《ことぶき》と青樹《あおき》とも仲良くなってみろ」

いままでの琴美なら『無理無理無理！』と首を振って拒絶していただろうが、桃井と仲良くなり、高瀬とも友達になった経験から、勇気を出せばなにかが変わることに気づいたのだろう。自信なさげにしながらも、首を横には振らなかった。

それでも不安はあるようで、

「だけど……なにを話せばいいかわかんないよ」

「全員同じ学校の同級生なんだ。学校絡《がら》みの話題なら話も合うだろ。『試験勉強順調？』とか『水泳のタイムどれくらいだった？』とか振って、そこから話を広げてみたらどうだ？」

具体案を提示すると、会話が弾《はず》むイメージが湧いたのか、琴美は顔にやる気を滲《にじ》ませた。

「頑張って話しかけてみる」

「その調子だ。琴美も桃井の友達なんだから、あいつらも仲良くなりたがるだろうぜ」

エールを送ると、琴美が瞳《ひとみ》に希望を宿す。まだ暑そうにしているが、悩みが晴れたからか、足取りは軽やかだ。

ほどなくして恋岸《こいぎし》駅が見えてきた。裏手に回り、生活道路を進んでいき、カフェに行きつく。

「あれ？　お休みみたいだよ」

「日曜は定休日なんだ」

「貸切ってこと？」

「そういうこと」

ドア窓はカーテンで目隠しされ、クローズの看板《かんばん》がかかっているが、客が間違って入らないための措置《そち》だ。ドアノブに手をかけると、ドアはスムーズに開いた。

「おー、藤咲兄妹が一番乗りか！」

寿が出迎えてくれた。カウンター越しなので下は見えないが、上は白いTシャツだ。ラフな格好だからか、琴美は安堵《あんど》したようにため息を吐く。

「俺たちは近所だからな。なんか手伝うことあるか？」

「特にねーな。適当にくつろいでてくれ。あ、テーブルはそれな」

六人掛けのテーブル席が用意されていた。席順は決めてないようで、高瀬の隣になる確率を上げるため、俺は真ん中に座る。琴美はテーブルの下にリュックを置き、俺の対面に腰かけた。

「なあ寿、ケーキってどうなってる？」

「真帆《まほ》の大好きなフルーツケーキを用意してるぜっ」

「そか。いくら出せばいい？」

「もう三人で払っちまったからな。いまさら計算すんのもめんどくせーし、いらねーよ」

「ただで食うのは悪いだろ」

「顔に似合わずまじめな奴だな。藤咲妹はどう思う？」

「私は……お小遣いピンチだから、正直助かる……」

「ははっ、妹は素直じゃねーか。そうそう、好意は素直に受け取るべきだぜ？　それでも申し訳ないってんなら、コーヒー豆でも買ってけよ」

「お安いご用だ。ここのコーヒーめっちゃ美味《うま》いし」

「嬉しいこと言ってくれるじゃねーか。私の友達、うちをたまり場にするのにコーヒー飲める奴いねーからな。藤咲妹はどうだ？」

「わ、私？　ブラックは苦手だけど……ミルクを入れたら飲める……」

「そうか飲めるかっ！」

嬉しげな声を聞き、琴美は強《こわ》ばっていた表情を緩めた。

接客してるだけあって、寿はコミュ力が高いなぁ。寿なら琴美に合わせて会話を進めてくれそうだ。

「ちなみに琴美がいつも飲んでるコーヒー、ここのだぞ」

「そうなの？」

「母さんがママさんバレーの打ち上げで利用して、土産《みやげ》に買って帰ってるんだ」

「へえ、藤咲のお母さん、ママさんバレーしてんのか。じゃあ会ったことあるかもな」

「どんな経緯《いきさつ》で？」

「中学のとき練習試合したんだよ。お母さん、どんなひとなんだ？」

「琴美、教えてやってくれ」

話を振ると、琴美はうなずき、

「身長はこれくらいで、髪の毛はこれくらいの茶髪で、ここにほくろがあって……」

ジェスチャーを交えてビジュアルを説明する。

俺なら『身長は一七二センチくらいで、茶髪ショートで、唇《くちびる》の下にほくろがある』って説明するが、琴美のほうがイメージが湧きそうだ。

無事に伝わったようで、あのひとかー、と寿が苦笑いする。

「スパイクが鋭くて後輩がびびってたぜ。お前らのお母さん、元バレー部だったりすんの？」

「何部かは知らんが、スポーツ全般が得意らしい」

「へえ、なら藤咲たちも運動神経よかったり？」

「ハルにぃは運動神経を受け継いでるけど、私はお父さん似だから……。水泳のタイムも全然伸びないし……あっ、寿さんは水泳タイムどれくらいだった？」

俺の助言をここで発動させるか。唐突《とうとつ》な質問に寿は一瞬ほうけたが、すぐに得意げな笑みを浮かべ、二五メートルのタイムを口にする。

そして凄《すさ》まじいタイムに琴美が驚いていた、そのとき。

「ううう」

ゾンビみたいに唸《うな》りつつ、黒髪ボブの女子がやってきた。

青樹である。オフショルダーの白ワンピースに黒いタンクトップを合わせた姿だ。

青樹はふらふらとこちらへ近づき、琴美の隣に腰を下ろすと、テーブルに突っ伏してしまう。

そのまま手を上げ、弱々しい声を漏《も》らす。

「麦茶が飲みたいわ……」

「おっけー。ふたりはアイスコーヒーでいいか？」

俺たちがうなずくと、寿は手際よく人数分の飲み物を用意する。そしてグラスをテーブルに置き、琴美の隣に腰かけた。

ふたりに挟《はさ》まれて少し緊張している様子だが、隣を選んでもらえて嬉しそうでもある。

俺も嬉しい。これで高瀬の隣は確定だ。いっぱい話して親睦《しんぼく》を深めてやるぜ！　――なんて決意している間に、青樹が麦茶を飲み干した。

「すげー飲みっぷりだな」

「外は灼熱《しやくねつ》地獄だったもの。快適な部屋でずっと試験勉強してたから、気温差で頭がおかしくなりそうだったわ」

　ストローでアイスコーヒーをかき混ぜていた琴美がハッと横を向き、遠慮がちに話しかける。

「青樹さんは……試験勉強、順調？」

　俺の助言、めっちゃ活用してんな。

「順調じゃなさすぎて、家にいても頭がおかしくなりそうよ」

「わかる……」

「たまに泣きそうになるわ。難しすぎるもの……」

「わかる……」

「わかるぜ。範囲広すぎて、なにから手をつけていいかわかんねーよな……」

「わかるわ……」

「わかる……」

　三人とも勉強が苦手なようで、憂鬱《ゆううつ》そうに顔を曇《くも》らせてしまった。

「お待たせー！」

　カフェに漂っていた暗い雰囲気《ふんいき》をかき消すように、明るい声が響いた。

　高瀬だ。ウエストが引き締まったワンピース姿で、手にはトートバッグを持っている。

「あぁ、涼しい……」

　たまたま鉢合《はちあ》わせたのか、桃井も一緒だった。

ブラウスにロングスカートを合わせた姿で、プレゼントを持ち帰る用か、大きめのカバンを手にしている。

「いや〜、今日も暑いね〜！　まさに夏本番って感じだよ！　嵐《らん》ちゃーん、オレンジジュース飲みたーい！」

「あたしはアイスティーが飲みたいわ……氷少なめでお願いできる？」

「りょーかい」

寿がカウンターの奥へと向かう。その間に高瀬が俺の右隣に座り、桃井が左隣に腰かけた。女子ふたりに挟まれた途端、ふわっと心地良い香りが漂ってきた。ふたりとも汗をかいているはずなのに、シャンプーと石けんの良い香りがする……。

「はいよ、オレンジジュースとアイスティー」

やったー、ありがとー、とふたりはグラスを手に取り、美味しそうにごくごく飲む。そして一息吐いたところで、寿がフルーツケーキを運んできた。

1と7の数字キャンドルが刺さっていて、ホワイトチョコのプレートには『Happy Birthday 真帆』の文字が。

「わあっ、美味しそうね！　素敵《すてき》なケーキありがとっ！」

「どーいたしましてっ！　そうだ、はいこれっ！」

高瀬が思い出したようにトートバッグからたすきを取り出した。『本日の主役』と書かれたたすきだ。

　桃井は懐《なつ》かしそうに目を細める。

「最後に見たのは二カ月前かー。あっという間だったわね。あ、コーヒーの染《し》みが残ってる」

「懐かしいね、コーヒー噴射事件！」

「嵐がコーヒーを吹き出した写真、ちゃんとプリントしておいたわ」

「プリントすんなよ恥ずかしい。つーか、ひとがコーヒー飲んでるときに変顔すんじゃねーよ……」

「被写体を笑わせるのもカメラマンの務めよ」

　仲の良さが窺《うかが》える思い出話だ。ほほ笑ましいが、会話に加われずに疎外《そがい》感を抱いてしまう。

　すると高瀬が俺に笑みを向け、話を振ってくれた。

「藤咲くんもたすきかけたい？」

「かけてみたいな。祝ってくれるのか？」

「うんっ！　ふたりとも祝ってあげる！」

　よっしゃ！　高瀬と誕生日を過ごせる！　俺ひとりだとこうはならなかっただろう。琴美が高瀬と友達になってくれて本当によかった！　その日が待ち遠しいぜ！

「ふたりの誕生日っていつ？」

「三月三日だ」

「わーお、ひな祭りだ。いいなぁー、憧《あこが》れるよ。えーっと、三月三日は……」

「日曜日よ」

「真帆っち即答!?　すごっ、カレンダー博士じゃん！」

「いや、知ってただけだろ。だって真帆は――」

「ごほん！　ごほん！」

高瀬がわざとらしく咳《せき》をした。琴美をチラチラ見て、ぶんぶん首を振っている。俺と桃井が付き合っていることは琴美には秘密だと言いたいのだろう。

「真帆は藤咲兄妹と仲良いからな」

伝わったようで、寿はそう言い換えた。

「ともあれ、日曜ならうちを貸し切っていいぜ」

「だってよ琴美。予定空《あ》けとかないとな」

「うんっ。ぜったい空ける……！」

琴美はその日が待ち遠しそうだ。よほど嬉しかったのか、スマホにスケジュールを入力している。

その間に桃井はたすきをかけ、ケーキの前でピースして、青樹に写真を撮ってもらう。

「私も一緒に撮ってー！」

「私も頼むぜ！」

「わ、私も一緒に写りたい……！」

ぞろぞろと桃井のうしろに集まり、青樹が撮影する。

「女子だけで撮ってやろうか？」

「気が利《き》くじゃねーか。せっかくだし頼もうぜ」

「ではお願いするわ」

青樹からカメラを受け取り、カウンターから集合写真を撮る。ほらよ、と青樹に返すとその場で写真を確かめ、満足げに微笑した。どうやら上手く撮れたようだ。

「葵《あおい》ちゃん、あとで写真送ってよっ」

「スマホに転送したら送るわ。藤咲さんにも送るから、連絡先を教えてもらえる？」

「う、うん！　教える！」

「ついでに私とも交換すっか」

「交換する！」

琴美はめっちゃ嬉しそう。ふたりと連絡先を交換すると、アドレス帳を見てニヤニヤする。

こういうのは最初が肝心《かんじん》だ。時間が空けばメッセージが送りづらくなるし、あとで琴美に『挨拶《あいさつ》だけでも送っとけ』と助言しておこうかね。

そう考えていると、寿が数字キャンドルに火をつけた。それぞれ席につき、高瀬がスマホで音楽を流す。音楽に合わせてバースデーソングを歌い、誕生日おめでとう！　と拍手《はくしゅ》すると、

桃井は「ありがとーっ」と声を弾ませ、火を吹き消した。

寿がケーキを切り分け、皿に移していく。

全員に行き渡るとケーキを頬張《ほおば》り、そこかしこで「美味しい！」「最高っ！」と幸せそうな声が上がる。


「プレゼントターイム！」


寿が声を張り上げたのは、ケーキを食べ終えてほどなくした頃だった。

いえーい、と高瀬が盛り上げ、待ってましたー、と桃井が拍手する。その姿を青樹が写真に収め、琴美も思い出を残そうとスマホをかざす。

その間に寿はカウンターへ向かい、プレゼントを持ってきた。

「私からはこれだ！」

黒い棒状のケースだった。リコーダーのケースに似ているが……にしては短めだな。なにが入ってるんだ？

「あっ、可愛い～！」

ケースから出てきたのは扇子《せんす》だった。

高級感が漂う絹《きぬ》扇子で、打ち上げ花火が描かれている。

「去年の夏祭り、めっちゃ暑そうにしてただろ？」

「あー、覚えてる。ハンディファンの電池がちょうど切れちゃったのよね」

「扇子に電池切れはねーからな。今年はそいつで涼んでくれ！」

「ありがと！　大事に使わせてもらうわねっ！」

にこやかに言うと扇子をケースに収め、大切そうにバッグに仕舞う。

「私からはこれっ！」

じゃじゃーん、と高瀬がバッグからラッピング袋を取り出した。けっこう大きめだ。桃井がわくわくとした表情で開けると、エプロンが出てきた。

「わっ、すっごく可愛い！」

ポケットから犬たちがひょっこり顔を出したエプロンだ。桃井は立ち上がり、さっそくその場で着用する。

「どう？　似合う？」

「うん。桃井さんに似合ってる！」

「真帆はなにを着ても絵になるな」

「撮り甲斐《がい》があるわ」

「我ながらナイスチョイスだよ〜。真帆っち、最近料理頑張ってるみたいだからねっ！」

「エプロンのおかげで料理が楽しみになってきたわ！」

明るく声を響かせ、桃井は脱いだエプロンを丁寧《ていねい》に畳《たた》み、ラッピング袋に入れるとバッグに仕舞う。

「私からはスマホスタンドを送らせてもらうわ」

青樹のプレゼントは、前脚を上げた猫のスタンドだった。

「葵ちゃんもありがと～！　今日から使わせてもらうわねっ！」

「ちなみに私のとお揃《そろ》いよ」

「葵ちゃん、猫好きだものねっ。また葵ちゃんの猫を撫《な》でに行きたいわっ」

「いつでも歓迎するわ」

和《なご》やかなムードのまま、三人がプレゼントを渡し終える。これで残るは俺たち兄妹だけだが、ふたりともアニメグッズだ。

オタクだと打ち明けるってことになっているが、決意はどうだ？　揺らいでないか？　……念のため、逃げ道を用意しといたほうがいいかもな。

「次は俺だな。琴美、袋パス」

琴美がリュックから小さいラッピング袋を取り出した。テーブル上を滑らせるようにして、俺に渡してくる。

「ほらよ、俺からの贈り物だ」

「陽斗くんもありがと。中身はなにかしら……」

桃井にはなにを贈るかは伝えてないが、アニメグッズだと確信しているのか、顔がわずかに強ばっている。

「紐《ひも》を固く結びすぎたかもだから、あとでゆっくり開けてもいいぜ」

もちろん固結びなどしていない。桃井の決意が揺らいでいたとき用の口実だ。

しかし気持ちに変わりはないようで、桃井は顔に緊張感を滲《にじ》ませつつも紐に手をかけた。

するりと紐をほどき、金属製ライターとスタンドを取り出すと、青樹たちが意外そうな顔をする。

「渋いチョイスだわ」

「オイルって未成年でも買えるのか？」

「これ飾る用じゃないかな？　だってほら、スタンドとセットだもん」

「高瀬の言う通り、これは飾る用だ。ドリステのミオミオってキャラでな。俺、このアニメが大好きなオタクなんだよ」

「私もオタクだから、プレゼントはアニメキャラにしてみた！」

仲間を増やしたほうが打ち明けやすいと考えたのか、琴美は桃井の反応を待たずに袋を取り出した。

桃井は手にしていたライターをテーブルに置き、ラッピングを解く。そこから熱血ちゃんと微熱ちゃんのぬいぐるみを取り出すと、寿が「あれ？」と首を傾《かし》げた。

「それ、こないだ藤咲が作ってたぬいぐるみじゃね？」

「ああ。実は琴美から桃井へのプレゼントだったんだ」

「ハルにぃに縫《ぬ》い方を教わったから、上手にできた自信ある……！」

期待半分、不安半分といった表情で、琴美は桃井の顔色を窺う。ふたりの視線が交わると、桃井の強ばっていた表情が和《やわ》らいだ。

「ありがとう陽斗くん、琴美さん。あたし……アニメが大好きだから、すごく嬉しいわ」

微笑を浮かべ、声に緊張感を含ませながらも打ち明ける。

「へー、真帆っちアニメ好きだったんだ。みんな知ってた？」

「初耳だ。葵は？」

「知ってたらアニメのスタンドにしたわ」

「だよねぇ。アニメ柄のエプロンだって探せばあったよ」

「扇子もな。ったく、なんで黙ってたんだよ」

三人のリアクションに、桃井はどこか拍子《ひょうし》抜《ぬ》けしたように目を丸くしていた。探りを入れるようにおずおずと、

「なにも思わないの？　意外とか、似合わないとか……オタク趣味はやめたほうがいいとか」

かつて桃井は言っていた。中学の頃に女子がオタク男子をバカにしていた、と。だからこそ今日まで隠し通してきたのに、三人の顔に嫌悪感は見当たらない。驚くでも戸惑《とまど》うでもなく、

平然と受け入れているようだった。

まあ俺はわかってたけどな。他人の趣味をとやかく言う奴はこの場にはいないって。

「思わねーよ。つーかアニメなら私も見るし」

だからって、この場にアニメ好きがいるとは思わなかったが。

「嵐ちゃんもアニメ見てるの!?」

「な、なに見てるの!?」

ふたりに勢いよく食いつかれ、寿はたじろぎながら言う。

「そんなに見てるわけじゃねーけど……友達に薦《すす》められて、こないだはスパイクガールズってアニメを見たぜ」

わっと歓声《かんせい》が上がった。

「知ってる！　私も見た！　萌《も》えアニメの皮を被《かぶ》ったスポ根アニメっ！」

「友情努力勝利の三本柱が揃った名作よね！　あたし通して三回は見たわ！」

「私は八話を無限リピート！」

「練習試合の前夜ねっ！　ずっと対立してた千代《ちよ》ちゃんと苺《いちご》ちゃんが友情を深める回！　……」

ううっ、思い出しただけで泣けてきちゃうわ」

「あー、握手のシーンか。ありゃたしかにウルッときたな」

「ふたりは終末カメラを知ってる？」

青樹が話しかけた途端、ふたりが目を輝かせた。

「青樹さん終末カメラ知ってるの!?　渋い！」

「名作は名作でも隠れた名作だものね！　人気作の続編が多すぎて埋もれちゃったけど時期によっては覇権《はけん》よ覇権！　リアルタイムで追えなかったことをいまでも悔《く》やんでるわ！」

「私もだよ！　リアルタイムなら毎週考察が捗《はかど》ったのに！」

「一話の伏線には驚いたわ」

「廃墟《はいきょ》の壊れたカメラねっ！」

「伏線回収された瞬間に鳥肌《とりはだ》立ったっ！」

「ねっ！　いま思い出しただけで鳥肌が立ってきたわ！」

アニメトークで盛り上がる桃井たち。

ちなみに俺は、いま挙がったタイトルを知らない。ここでアニメの話題を振られたら困ったことになっちまう。

かといって、黙りっぱなしなのも目立ちそうだ。とにかく知ってるアニメの話題を振って、場に馴染《なじ》んでみようかね。

などと考え――ふと気づく。高瀬の声が聞こえないことに。いつも積極的な高瀬が黙ってるってことは、話についていけてないってことだ。

「高瀬ってアニメとかマンガ見てる？」

そっとたずねてみると、高瀬は眉《まゆ》を下げ、困ったように笑う。

「それが見てないんだよねぇ……。家族が海外ドラマ好きなひとで、子どもの頃からそっちに夢中になっちゃって」

「どんなの見てるんだ？」

「ビクトリア姉妹とか、プリティジェシーとか」

わかんないよねとでも言いたげな自信なさげな口調だが、いま挙がったふたつのタイトルは知っている。

「コメディ系のサクセスストーリーが好きなのか？」

ジャンルを言い当てると、え、と高瀬が目を丸くした。

アニメの話についていけず、疎外感を抱いていたのだろう。寂《さび》しげだった顔が明るくなっていく。

「藤咲くんも見たのっ？」

「中学の頃にな。そんなに詳《くわ》しくはないが、そのジャンルならけっこう見てるぜ」

「たとえばっ？」

「ジョン&ジェーンって知ってるか？」

「知ってる！　一番好きだよ！」

「あれめっちゃ笑えるよなっ」

「ねっ！　地味な夫婦が周りの勘違《かんちが》いでどんどんカリスマになっちゃうんだもんっ！　夫婦の冷え切った関係も解消されるし、見てて明るい気持ちになるんだよねっ」

「だなっ。ジョン&ジェーンが好きなら即席家族とかも好きそうだな」

「うわっ、めっちゃ趣味合うじゃん！　続きが気になりすぎて一気見しちゃったよ！」

「あと一話、あと一話——が最後まで続くんだよな！」

まさか高瀬とこんなに会話が弾む日が来るとは！　海外ドラマ見ててよかったー！　薦めてくれた石山《いしやま》に感謝しないとな！

幸せな気分に浸《ひた》りつつ、そういえば、と妹の様子を窺うと、生き生きとした顔でしゃべっていた。

寿はその勢いに気圧《けお》されつつも上手に相《あい》づちを打ち、青樹は琴美にスマホを見せて、「このアニメ？」「そうそれ！」「たしかに面白そうね。見てみるわ」「あとで感想教えてっ」なんて話している。

そして桃井はというと……眉を寄せて俺を見ていた。

「どうかしたか？」

「ずいぶん楽しそうだったから、なにを話してるのか気になっただけよ」

「海外ドラマの話をな」

「ごめんね真帆っち。私アニメは詳しくなくて、藤咲くんに相手してもらってたの」

「ううん。気にしなくていいわ。鳴ちゃん、海外ドラマが好きだものね。……陽斗くんはどれくらい詳しいの？　アニメと同じくらい……？」

「アニメのほうが詳しいぞ」

海外ドラマは八作くらいしか知らないが、アニメはその倍以上知っている。オタ活に備え、話題に出そうな作品を履修《りしゅう》しているからだ。

桃井は友達だ。そして俺は友達と話すのが好きだ。ついていけさえすれば、アニメの話でも楽しめる。

ちょうど琴美がドリステの話を始めたし、桃井たちの会話に混ざるのも悪くないが――

「せっかくの機会だし、今日は高瀬と海外ドラマの話をするぜ」

俺が話し相手にならないと高瀬がぼっちになっちまうからな。

「だから、そっちはそっちでアニメの話を楽しめよ」

「そ。だったら遠慮なくアニメの話をさせてもらうわ」

そう言って、桃井は琴美たちのアニメトークに加わるが……高瀬の様子が気がかりなのか、時折不安げに声をかけてきたのだった。

幕間 ネトゲ夫婦のチャットログ

【漆黒夜叉】ひゃっほー！　イェイイェイイェーイ！
【まほりん】ちょっｗ　漆黒《しっこく》くんテンション高すぎｗ
【漆黒夜叉】やっと試験終わったからな！　これで録《と》りためてたアニメ見放題だぜ！
【まほりん】見るの我慢《がまん》してたの？
【漆黒夜叉】今回の試験は琴美《ことみ》のためにガチらないとヤバかったからな！　土日とかがっつり勉強見てやったぜ！
【まほりん】ほんと妹思いね
【漆黒夜叉】おかげで琴美は小遣《こづか》いカットされずに済みそう！　これで来月の新刊買えるってはしゃいでたぞ！
【まほりん】来月いっぱい新刊出るもんね。あ、そうだ。マンガと言えば漆黒くんに訊《き》きたいことがあるんだけど
【漆黒夜叉】訊きたいこと？

【まほりん】これはマンガの話なんだけど、女主人公が男友達と女友達が仲良く話す姿を見てムッとしちゃうの。これってどんな心理だと思う？
【漆黒夜叉】どっちにムッとしたんだ？
【まほりん】男友達
【漆黒夜叉】女主人公は用もないのに会話に割って入ったりした？
【まほりん】してた
【漆黒夜叉】じゃあ独占欲だな。なんで構ってくれないのって男友達にムッとしちゃったんだ。つまり恋の始まりだな！
【まほりん】うーん、べつに恋してるわけじゃないのよね。友情はあるけど恋愛感情はないし、一緒にいるのは楽しいけどキスしたいとは思わないから
【まほりん】あ、もちろん人間としては好きよ？　優しいし、明るいし、笑わせてくれるし。それに一瞬だけ、ほんとに一瞬だけだけど惹《ひ》かれたこともあって。でもいきなりお前のことが大事だなんて言われたら、誰だってキュンとしちゃうと思うし
【漆黒夜叉】めっちゃ自分のことみたいに語るじゃんｗ
【まほりん】マンガの話だからね!?　感情移入してるだけだから！
【漆黒夜叉】そこまで感情移入してるなら、この先を読むのは大変かもなー。ほら、手遅れになってから好きだったことに気づく展開もあるだろ？

【まほりん】八千代《やちよ》みたいな？
【漆黒夜叉】あとリコッタみたいな。オレはああいう負けヒロインが好きだけどな
【まほりん】私は応援してたヒロインには勝ってほしい派ね。ただ今回はどうなんだろ？
【漆黒夜叉】どうって？
【まほりん】勝てば幸せになれるのかなーって
【漆黒夜叉】女主人公って、男友達と付き合わないほうが幸せになれそうな感じ？
【まほりん】どうなんだろう。いまが居心地《いごこち》良いから、この関係がずっと続くなら友達のままでもいいんだけど。だけど女友達と付き合ったら一緒に過ごしづらくなっちゃうし、そうなるくらいなら付き合ったほうがいいのかなーって。でもさ、そんな理由で付き合うのは誠実さに欠けるっていうか、相手に悪いよね？
【漆黒夜叉】べつに悪くないんじゃないか？　男友達も主人公と一緒に過ごすの楽しんでるんだろ？
【まほりん】楽しんでるとは思うけど、向こうにも恋愛感情はないの
【漆黒夜叉】つまり向こうに告白されたら付き合うけど、こっちから告白しても断られるってことか？
【まほりん】そうね。女主人公は告白されたら受け入れると思う
【漆黒夜叉】だったら男友達を惚《ほ》れさせればいいわけだ

【まほりん】漆黒くんが作者ならどうやって振り向かせる？
【漆黒夜叉】ベタだけどラッキースケベかなー。うっかり胸を揉《も》んじゃったり、うっかり押し倒しちゃったりしたら、ぜったい異性として意識しちゃうし！
【まほりん】ボディタッチ以外では？
【漆黒夜叉】水着回かなー。ところでさ、そろそろタイトル教えてくれないか？
【漆黒夜叉】まほりん？
【漆黒夜叉】おーい、おーい
【まほりん】ごめんごめん！　思い出そうとしたんだけどタイトル忘れちゃって！　ていうか個人サイトのマンガでさ、けっこう前にサイト閉鎖《へいさ》しちゃったの！
【漆黒夜叉】あー、だから続きの展開を考察しようとしたのか
【まほりん】そうそう！　漆黒くんの考察当たるからすっきりした！　ありがとね！
【漆黒夜叉】どういたしまして！
【まほりん】でさ、さっきの話とは全然関係ないけど、今日学食でランチしたの。鳴《なる》ちゃんが学食に行きたがってて。せっかくだから嵐《らん》ちゃんと葵《あおい》ちゃんも誘って四人でね
【漆黒夜叉】そっかー。琴美が知ったら羨《うらや》ましがるだろうなー
【まほりん】誘いたかったけど、ホームルームが終わってすぐ教室を飛び出しちゃったから
【漆黒夜叉】なるほどな！　だったら仕方ないか！　琴美はずっとアニメを見たそうにしてた

からな。それで急いで帰ったんだろ！
【まほりん】でね、みんな一七日は予定空《あ》いてたから、海に行きたいねって盛り上がったの
【漆黒夜叉】あれおかしいな。琴美からはそんな話聞いてないぞ。琴美暑いの苦手そうだから誘わなかった感じ？　あいつ普段はインドア派だけど、まほりんたちと一緒ならぜったい海に行きたがると思うんだけどなー
【まほりん】もちろん誘うわ
【漆黒夜叉】ありがとな！　琴美めっちゃ喜ぶ！
【まほりん】どういたしまして。まあ海に行くかは漆黒くん次第《しだい》だけどね
【漆黒夜叉】オレ次第？　なんで？
【まほりん】去年はナンパされすぎて遊ぶどころじゃなかったから。漆黒くんがナンパ避《よ》けになってくれるなら海に行くけど、難しいならひとまず保留しようかなって。どう？
【漆黒夜叉】トイレ行くからその話はあとでしようぜ！
【まほりん】はーい。アニメ見てるから終わったら電話ちょうだい
【漆黒夜叉】わかった！

第四幕 妹とネトゲ嫁の家で過ごした

期末試験の全日程が終了し、ホームルームが終わるなり、俺は家路についた。
いまは琴美《ことみ》からタブレットを借り、高瀬《たかせ》に薦《すす》められた海外ドラマを見ているところだ。
シーズン六まである人気作で、全七二話とボリューム満点。オタ活と違いタイムリミットはないが、見終わったら高瀬と感想を語り合うことができるので、一日一シーズンは視聴したいところである。

『ハルにぃ！　ハルにぃ！』

トトトトンッ、トトトトンッとリズミカルなノック音が響いたのは、第三話が始まって間もなくだった。動画を一時停止しつつ、入っていいぞー、と声をかけると、琴美が勢いよく入室する。
その顔はやけに明るかった。

「オタ活か？」

恒例《こうれい》の質問に、琴美は嬉《うれ》しげに首を振った。

「桃井《ももい》さんから遊びに誘われちゃった！」

「へえ、そりゃよかったな。ふたりで行くのか？」

「ううん。高瀬さんと寿《ことぶき》さんと青樹《あおき》さんも一緒！」

「高瀬たちもか……」

なにそれ。羨《うらや》ましいんですけど。

俺も誘ってくれねえかな……。無理だろうなぁ。桃井からメッセージは来てないし、誕生日パーティには誘われたけど、あれは俺がプレゼントに関《かか》わっていたから気を遣《つか》ってくれただけ。オタ活でなければ女同士で遊んだほうが楽しめるだろう。

「どこに行くのかは知らんが、心置きなく楽しんでこいよ」

「そうしたいけど、それにはハルにぃの協力が必要で……」

「俺の？」

うん……、と琴美は伏し目がちになり、甘えるような声で続ける。

「さっきネトゲで『海に行くからナンパ避《よ》けになってほしい』って頼まれて……だめ？」

「いいぜっ！」

「いいのっ？」

「だめな理由がないだろっ！」

高瀬と海に行けるんだ！　水着姿を拝《おが》めるんだ！　嬉しすぎて飛び跳《は》ねたい気分だぜ！

「そっか。ハルにぃ、海が好きだもんねっ」

「ナンパ避けだろうと海は海だからなっ。めっちゃ楽しみだ！　逆に琴美は平気なのか？」

琴美は根っからのインドア派だ。おまけに暑さも苦手、人混《ひとご》みも苦手、肌《はだ》を晒《さら》すのも苦手、ビーチの匂《にお》いも足に砂がつくのも海水で肌がべたつくのも苦手である。

昔は家族で海に行っていたが、クラゲに刺されたのが決め手になり、琴美は小四にして海を卒業した。

「友達が一緒だもんっ。楽しむ自信あるよ！」

そんな妹が、いまじゃ目を輝かせて海水浴を待ちわびている。海水浴だけじゃなく、最近は学校に行くのも待ち遠しそうにしている。

男子三日会わざれば刮目《かつもく》して見よとはちょっと違うが、一カ月ちょいで友達が四人もでき、琴美はずいぶん明るくなった。

それもこれも桃井が友達になってくれたから。

俺がナンパ避けになることで桃井が楽しんでくれるなら、高瀬がいなくても海水浴について行っていいくらいだ。

「ちなみにいつ行くんだ？」

「今月の一七日だよ」

「夏休み前に行くのか。んっと、一七日ってーと……月曜だな。あ、でも海の日か」

「うん。祝日。……ハルにぃ、予定入ってる？」

俺がいないと海水浴計画は立ち消えるのだろうか。不安げに瞳《ひとみ》を揺らす琴美に、俺は笑みを向けてやる。

「心配すんな。予定が入っててもキャンセルするし、そもそも予定入ってねえから」

「やった！　ありがとハルにぃ！　じゃあ桃井さんに電話で行くって伝えて！」

前回の反省を活《い》かしたのか、今回はこっちから連絡することになっているらしい。さっそく桃井に電話をかけると、手元にスマホを置いていたのか、ワンコール目に応答した。

『もしもし陽斗《はると》くん？　海はどうする？』

「行くぜ！」

『助かるわ。あなたがいればナンパも寄ってこないでしょ』

「男が寄ってこないように目を光らせるから安心して楽しんでくれ！」

『そうするわ。もちろんあなたも一緒にね』

「俺も一緒に遊んでいいのか？」

二カ月とはいえそれなりに遊んだ仲だ。いまさら俺と遊ぶことに抵抗がないことはわかっているが、海ではお互い水着姿。近くにいると落ち着けないだろうし、パラソルの下に待機して、男が近寄ってきたら桃井たちに駆け寄る図をイメージしてた。

『一緒に行くんだから当然でしょ。ていうか一緒に遊ばないとナンパに別々のグループだって勘違《かんちが》いされるじゃない』

駆け寄って声をかければ済む話だが、桃井は非常にモテる。学校の奴《やつ》らは男嫌いだと知っているので声すらかけないが、海にいる男はそうじゃない。入れ食いになれば桃井とパラソルを何往復もしてシャトルランみたいになっちまう。

なにより高瀬と一緒に遊べるのは嬉しい！

「だったら楽しませてもらうぜ。待ち合わせはどうする？」

『九時三〇分に恋岸《こいぎし》駅集合ってことで。あと場所は愛ヶ浜《あいがはま》だから』

「わざわざ？　この辺《あた》りなら弓城《ゆみしろ》ビーチのほうがいいんじゃね？」

『去年は弓城だったけど、今年はほら。あなたと琴美さんが一緒だから』

「俺と琴美が一緒だから……？」

『わかんないの？　愛ヶ浜といえば「海姫《みき》ちゃんは泳ぎたい」の舞台になった聖地じゃない』

な、なにそれ!?　アニメ？　マンガ？　ゲーム？　ていうか海でもオタ活すんの？　一七日までに履修《りしゅう》できるボリュームだよな!?

『どうして黙ってるの？』

「い、いや、その、くしゃみ我慢《がまん》してててさ！　もちろん知ってるぞ！　今回は高瀬たちが一緒だから聖地には行かないんだろうなーって思ってたけど行くんだな！」

『そうっ、そうなの！　オタク趣味を受け入れてもらえたから、みんなで愛ヶ浜に行けるの！　ほんっと楽しみっ！　ほら、海姫ちゃんの実家あるじゃない？』

「あ、ああ、あるな！　海姫ちゃんの実家！」

「え？　海姫ちゃん!?」

琴美が食いついた。

そうだ、こっちには琴美がいるんだった！　スピーカーモードに切り替えて、こいつに相手してもらえばいいんだ！

『そこに琴美さんいるの？』

「ああ、ちょうど部屋に来ててさ」

『だったらスピーカーにしてもらえる？』

りょーかい、とスピーカーに切り替える。

『琴美さん聞こえる？』

「聞こえるよっ！　ねえ、海姫ちゃんの話してたってことは、もしかして愛ヶ浜に行くの!?」

『行くわっ。聖地巡礼よ聖地巡礼！　琴美さんも来るわよねっ？』

「もちろん行くっ！　私アニメ見てからずっと行きたいなーって思ってたの！」

『あたしもっ！　海姫ちゃんが行った場所は全部巡《めぐ》りたいけど、一番はやっぱり海姫ちゃんの実家ね！』

「行きたい行きたい！　海の家『アリエル』だよねっ！　海姫ちゃんの父親のモデルになったひとが店長の！」

『そうそう！　アニメに理解あるひとで、店に声優さんのサインとか作画監督のイラストとか、ほかにも色々グッズが飾ってあるのよねっ！』

「ネットで写真見たっ！　海姫ちゃんの等身大パネルもあるんだよねっ！　ぜったい写真撮りたいよねっ！」

『ねっ！　葵《あおい》ちゃんに撮ってもらいましょっ！』

「うん！　青樹さん写真撮るの上手だもんねっ！」

めっちゃ盛り上がってんなぁー。電話でこれってことは、聖地に行けばもっと盛り上がるんだろうな。

作画監督がいるってことは、『海姫ちゃんは泳ぎたい』はアニメだろう。当日ふたりと同じ熱量で過ごすためにも見ておかねば。

何クールかはわからないが、俺は一晩で二クールアニメを完走した男。五日もあれば充分だ。代わりに海外ドラマはお預けだが、高瀬と海に行けるなら不満はない。

ひとしきりアニメトークに花を咲かせたところで、そういえば、と桃井がたずねてくる。

『ふたりとも水着は持ってる？』

「俺は持ってるが、琴美はスク水だけだよな？」

「スク水じゃだめなの？」

「だめじゃねえけど、もう高二なんだからビキニのほうがいいんじゃね？」

「でも水着回では普通にスク水キャラがいるよ？」

琴美はきょとん顔だ。アニメでしか海を見てないせいで変なイメージがついてしまっている。

「あ、ロリキャラじゃないからスク水はだめってこと？」

「そうじゃねえよ。スク水で海に来る女子高生は珍《めずら》しいから、浮くって言ってんだよ」

べつにスク水を批判しているわけじゃない。

ただ、今回は桃井が一緒なわけで。ただでさえ目を引く桃井がビキニ姿になろうものなら、そりゃもう注目の的《まと》となろう。

高瀬たちもビキニだろうし、もし知らない男に『ひとりだけスク水じゃん』と笑われたら、周りの目が気になって海水浴を楽しむ余裕がなくなりかねない。

「浮くのは嫌だ……」

「だったら買おうぜ」

「で、でも、私にビキニは似合わないと思う……」

『ビキニが似合わない女子高生なんかいないわよ。なんならこれから琴美さんに似合いそうな水着を選んであげよっか？』

「いいのっ？」

『もちろんよ。ついでに服屋に寄って、陽斗くんの夏服も選んであげる』

「おー、そりゃ助かる。琴美も服を選んでもらったらどうだ？」

「選んでほしいっ！」

『決まりね。ふたりはもう出られそう？』

「いつでも行けるよ！」

「俺もだ」

『じゃあ三〇分後に金浄《きんじょう》駅前に集合でどう？』

「わかった。三〇分後な」

そうして通話を終え、準備を済ませると、俺たちは家をあとにした。

◆

金浄駅前で桃井と合流したあと。うだるような暑さのなか桃井に連れてこられたのは、全面ガラス張りの服屋だった。壁際にはポーズを決めたマネキンたちが並び、オシャレな服に身を包んでいる。

「こ、ここにはよく来るの？」

オシャレオーラ全開の服屋に琴美はたじたじだ。兄の威厳《いげん》を保つため平静を装っているが、俺も若干《じゃっかん》たじろいでいる。

「そんなには来ないわね。あたしの趣味と違うし。以前来たときも鳴《なる》ちゃんと一緒だったわ」

「高瀬さんもここで買ったの？」

「冬物だけどね。違う店がいい？」

「ううん。ここがいい、けど……」

琴美はガラスに映る自分を見て、自信なさげな顔をする。

「ここってドレスコードとかない？」

桃井がクスッと笑った。

「そんなのないから安心して。ていうかほんと兄妹そっくりね」

「どういう意味だ？」

「こないだ服屋に連れてきたとき、あなたも入るのためらってたでしょ。あれ小動物みたいで可愛《かわい》かったわよ」

からかわれ、かあっと顔が熱くなる。そりゃまあ入店をためらいはした。海外からそのまま移転してきたような外観に萎縮《いしゅく》したのは事実だ。

が、俺にも兄としてのプライドがある。妹に小動物みたいなイメージは持たれたくない。

「記憶違いだろ。俺めっちゃ堂々としてたし。ライオンみたいに」

「あらそう？　不安そうにあたしのうしろをトコトコついてきてなかった？　カルガモのヒナ

みたいに」

「そんなことない。琴美、騙《だま》されるなよ。お前の兄ちゃん、堂々と買い物してたから」

「琴美さん、騙されちゃだめだからね。あなたのお兄ちゃん、はじめてのお店にすっごい萎縮してたから」

「うう、私のために争わないで……」

琴美は困り顔でおろおろしている。妹のためではなくプライドを守るために争っているが、琴美を困らせたくはない。

「べ、べつに喧嘩《けんか》してるわけじゃないわよ。ねえ？」

「そうだぞ。ただ事実を口にしてるだけだ。でもまあ俺は大人だから引き下がってやる。萎縮してたってことでいいぜ」

「あ、ズルい！　それじゃあたしが子どもみたいじゃないっ！」

「ほら琴美、兄ちゃんについてこい」

ドアを開けて堂々と入店すると、琴美は感心したようだ。緊張を払うように頭を振り、俺に続いて入店する。

「桃井もためらってないで入れよ」

「ためらってないわよっ」

心外そうに言いつつ入店したところで、俺はドアから手を放す。

　ガラス張りなので入り口近くはちょっと暑いが、外よりは涼しい。落ち着いた音楽が流れる快適な店内にほっと一息吐いていると、桃井はかけていたサングラスをバッグに入れ、琴美はおどおどと周囲を見ていた。

「す、すごい、オシャレな服がいっぱいだ。見て、ハルにぃ。店員さんもオシャレだよ……」

だな、と適当に相《あい》づちを打ちつつ、俺も店内を見まわす。

「女物ばっかだが、ここって男物あるのか？」

「二階にね。先に琴美さんの服を選ぶけど、あなたはどうする？　先にひとりで見てる？」

「せっかくだし一緒にぶらつくよ」

「カルガモのヒナみたいに？」

　ほんと、からかうのが好きな奴だな。女相手だと優しいのに、なんで俺にだけＳっ気が発動するんだよ。

　まあ、そういうノリで来られたほうが付き合いやすいっちゃ付き合いやすいけど。こっちも遠慮せずに済むし。

「ライオンみたいに堂々とついていく」

「迷子にならないようにね」

「迷子になりようがねえだろ……」

　めっちゃ見通しいいぞ、この店。

「でさ、琴美さんはこういうのがいいとかある？」

「こういうのって？」

「スカートがいいとか、無地がいいとか」

「あんまり派手《はで》な色は恥《は》ずかしいかも。あとミニスカートは嫌かも……」

「だったらパンツのほうがいいかしら？」

「ズボンな」

　間違いを正すと、桃井がムッと眉《まゆ》をつり上げた。

　こいつはズボンのことを頑《かたく》なにパンツと言いたがるのだ。

「あきれた。あなたまだそれ言ってるの？」

「こっちの台詞《せりふ》だ」

「なんの話？」

　きょとんとする琴美に、桃井が愚痴《ぐち》るように言う。

「あなたのお兄ちゃん、頑なにパンツをズボンって言いたがるのよ」

「え？　パンツはパンツ、ズボンはズボンじゃないの？」

　琴美なら加勢してくれると思ったのだろう。まさかの伏兵《ふくへい》に桃井はたじろぐ。俺のズボンを指さして、

「たとえばこれは？」

「ズボン」

「正確にはテーパードズボンってんだ」

「そうなんだ……。ハルにぃ、物知りだね」

「違うからっ！　パンツよ！　テーパードパンツ！　琴美さんに変なこと吹き込まないでっ」

「事実を言ったまでだ。なあ？」

「う、うん。ズボンはズボンだよ……？」

「ズボンはパンツで、パンツはショーツなのっ」

「諦《あきら》めろ桃井。二対一でズボン派の勝ちだ」

勝ち誇ってみせると、桃井は悔《くや》しげに唸《うな》った。

「うう、ぜったいあたしが正しいのに……」

「ご、ごめんね？　これからはパンツって呼ぶね？」

まさかの裏切りだ。桃井は一転して笑顔になり、勝ち誇るように俺を見てくる。

「はい勝ちー！　二対一でパンツ派の勝利～！」

いえーい、と琴美とハイタッチを交わす桃井。

「お、おい。俺の妹を取るなよ！」

「残念ね。琴美さんはあたしのほうが好きみたいよっ」

「双子《ふたご》の絆《きずな》を舐《な》めんなよ！」

「そっちこそ友情パワーを侮《あなど》らないでちょうだい！」

「す、すごい。私いま取り合いされてるんだ……」

琴美はめっちゃ嬉しそうだ。

小一の昼休み、リレーやらドッジボールやらで遊んだ。リーダーはじゃんけんで勝ったほうから仲間を指名できるのだが、琴美は毎回最後まで残っていた。あれがトラウマになっていたのかも。

上機嫌そうな琴美を見ていると、パンツだとかズボンだとかどうでもよくなってくる。

「さっさと選ぼうぜ」

「そうね。気になったのがあれば遠慮なく言ってね？」

「わかった！」

俺たちは服を見てまわる。

ややあって、桃井がマネキンのズボンを指さした。

「これどう？」

「私、こんなに足長くないよ……」

「めっちゃ裾上《すそあ》げしないと引きずっちまいそうだな」

「これハイウエストだから。これなら美脚に見えるわ。……気に入らない？」

「ううん。いいと思う、けど……パンツよりスカートのほうがいいかも。短いのは恥ずかしいけど、できれば可愛いのを着てみたいから……。でも、このパンツもいいかもだし……これ、いくらするの？」

「えーっと……一二〇〇〇円ね」

琴美が目をかっぴらいた。

「え!?　そ、そんなにするの……？」

「これでも安いほうだけど……ちなみに予算はいくら？」

「八〇〇〇円……」

琴美は自信なさげに言った。家を出るときは「これだけあれば一式揃《そろ》っちゃうねっ！」ってはしゃいでいたのに、すっかり意気消沈している。

「先に予算を聞いてから店を決めるべきだったわね」

「ここって高いのしかないのか？」

「予算内で買える服もあると思うわ」

桃井は再び店内を歩いていき、ハンガーラックから襟《えり》付きのワンピースを手に取った。

「これどう？　琴美さんに似合いそうだけど」

「うんっ、すごくいい！　あ、でも値段は……」

「七九八〇円よ」

予算内だが、琴美の顔から笑みが消えた。不安そうにおずおずと、

「……水着って、二〇円で買える？」

「買えないけど……トータルの予算が八〇〇〇円なの？」

「う、うん。服に六〇〇〇円、水着に二〇〇〇円くらいを想定してた……」

「うーん……二〇〇〇円じゃ厳しいわね。なくはないけど、選択肢《し》がだいぶ狭《せば》まっちゃうわ。服の予算を五〇〇〇円として、違う店に行ってみる？」

「それでもいいけど……」

よくはなさそうだ。襟付きワンピースが気に入ったのか、琴美はなにか言いたげに俺を見ている。

しょうがねえな。

「貸してやるから買っちまえ」

「いいの……？」

「ああ。ただし、すでに五〇〇〇円貸してるのを忘れるなよ？」

琴美の手持ちは、三〇〇〇円だった。貯金は少しはあるだろうが、俺と違って散財するので母さんが通帳を預かっている。そして母さんは仕事で留守だ。そこで家を出る際に相談され、お金を貸してやったのだった。

「お小遣《こづか》い入ったらすぐに返す！」

「ならいいが」

ケツポケットから財布《さいふ》を取り出そうとすると、桃井が「待って」と琴美にたずねる。

「琴美さん、スリーサイズわかる?」

「わかるけど……どうして?」

「あたしに体型が近いなら、水着あげようかなって」

「い、いいの?」

「ええ。いっぱいあるから遠慮しないで。あたしのセンスになっちゃうけどね」

「いいよっ。桃井さんのセンスのほうがぜったい可愛いもん! えと、スリーサイズは……」

兄妹とはいえ聞かれるのは恥ずかしいのか、琴美は桃井に耳打ちする。

へえ、と桃井は意外そうに琴美を見て、

「ほんと?」

「うん。猫背だから見えないかもだけど……」

「だったらあたしの水着でなんとかなるかも。念のため試着したほうがいいけどね。このあと時間ある?」

「いっぱいあるよ」

「じゃ、水着あげるから家に来てちょうだい」

「俺も?」

「予定がないならね」

帰宅して『海姫ちゃんは泳ぎたい』を視聴したいが、電車で琴美に聞いた限りだと全一二話らしい。オリジナルアニメで、原作もないそうだ。それくらいなら急いで視聴する必要もない。

ただ、

「行くのはいいが、水着ショップには寄らないのか？」

「あなたは水着持ってるんじゃないの？」

「水着はな。ついでにサングラスを買おうと思ってたんだよ」

同級生の水着姿を見れば間違いなく挙動不審《きょどうふしん》になってしまう。

青樹ならギリギリ耐えられるかもだが、寿と桃井は巨乳だ。高瀬に関しては言うまでもない。好きな女子の水着姿を間近《まぢか》で見れば、確実に目が泳ぐ。

それを悟らせないためにもサングラスは必須《ひっす》だ。百均にもありそうだが、予算はあるので、なるべくオシャレなデザインのが欲しい。

「あたしのでよければあげるわよ」

「そりゃ悪いだろ」

「気にしないで。いっぱい持ってるから」

そうは言ってもこないだも腕時計をもらったし、服も奢《おご》ってもらった。昼飯《ひるめし》くらいなら受け入れられるが、桃井のことだしサングラスも高級だろう。もらってばかりなのは申し訳ない。

受け取りをためらっていると、桃井がまじめな顔で言う。

「あなたにはナンパ避けになってもらうんだから、これくらいさせてちょうだい」

「つっても嫌々行くわけじゃねえしな」

「そうなの？」

「そうだよ。お前がいるんだから普通に楽しみだぞ」

桃井は青い目をぱちくりさせた。気恥ずかしそうに伏し目がちになり、

「……あたしの水着姿、そんなに楽しみなの？」

「じゃねえよっ。お前と遊ぶの楽しいから、海も楽しみって言ってんだ」

もちろん高瀬の水着姿を拝みたいというのもある。しかし俺は海が好きで、友達と遊ぶのも好きだ。桃井とふたりきりでも楽しめる自信がある。

桃井は嬉しげに微笑した。

「あたしもあなたと遊ぶの好きよ。遠慮せずに過ごせるもの。だけど、あなたがいてくれると本当に助かるから。お礼はしたいし、サングラスでよければあげるわ。ていうか、地味に場所取ってるから困ってるのよ」

「そか。まあ、そこまで言うなら遠慮なくもらうよ。ありがとな」

桃井はにこりと笑う。

「どういたしまして。じゃ、次はあなたの服ね」

俺たちは二階へ上がり、桃井に服を見繕《みつくろ》ってもらう。それから兄妹揃って会計を済ませると、

店の外でタクシーを拾い、桃井の家へ向かうのだった。

◆

タクシーメーターが一〇〇〇円に迫る頃、俺たちはタワマン前に到着した。

「俺が出そうか？」

「そのお金は帰りに取っといて」

助手席から声をかけると、桃井はすでに財布を取り出していた。

駅まで二キロくらいなので歩こうかと思っていたが、そういえば帰り道がわからない。ナビアプリを使えばなんとかなるが……琴美もいるし、タクシーで帰ろうかね。

桃井に運賃《うんちん》を支払ってもらい、俺たちは下車した。

目の前にはタワーマンションがそびえ立っている。

「わかっちゃいたが、でっかい家だな」

「首が痛くなっちゃいそう……」

「霧《きり》が出たらてっぺん見えなくなりそうだな」

「ラスボスのダンジョンみたいになりそうだね」

人様の家をラスボスの住居扱いするのはどうかと思ったが、桃井にはウケた。おかしそうに

「霧が出たら写真撮って送るわ」と言いつつ歩き出す。

揺れる金髪を追いかけて、エントランスへ足を踏み入れる。黒い大理石張りのゴージャスな空間に琴美が萎縮するなか、桃井がエレベーターのボタンを押した。

「桃井の家って何階だっけ？」

「三〇階よ」

「朝とかエレベーター混《こ》みそうだな」

「そうでもないわ。低階層用と高階層用に分かれてるし。ま、それでも多少は待つことになるけどね」

「急いでるときとか焦《あせ》るんじゃね？」

「余裕を持って出発するから問題ないわ」

「しっかりしてるなぁ」

取り留めのない話をしているとエレベーターが降りてきた。三人で乗り込み、いざ三〇階へ。

「桃井さんってグッズは通販で買ってるの？」

「店で買うほうが多いわね。どうして？」

「三〇階に住んでると頼みづらそうだなーって」

「あー、毎回来てもらうのも悪いもんな」

「それなら一階に宅配ボックスがあるから問題ないわ。あたしは実物を見て買うほうが好きだけどね」

「近くに楽園があるもんねっ」

「ねっ。ネットでアニメショップを探してあれを見つけたときはテンション上がったわっ」

「マイナー作品もけっこうあるし、カプセルトイも充実してるもんねっ」

「そうそうっ。新しいのあるかなーって見てるだけでも楽しめるのよね！　ラバーストラップとか缶バッジとかダブってるの多いし、あとであげよっか？」

「あっ、じゃあ交換しない？　私もいっぱいダブってるから！」

「楽しそうねっ。今度三人で交換会しましょっ！」

え、俺も!?　ダブるどころか一個も持ってないんだが!?

こうなりゃガチャには興味ないって言うしかないか……。そういうオタクがいてもおかしくないよな？

「陽斗くんもするわよねっ。前にいっぱいダブってるって言ってたでしょ」

あらかじめ逃げ道が塞《ふさ》がれている！　琴美が気まずそうに俺をチラ見している！

カプセルトイ自体は琴美に分けてもらえばいいが、交換会がただ交換するだけで終わるとは思えない。俺はそのダブったキャラについて詳《くわ》しくなければならないのだ。いったい何作品を見ればいいのか……。

「ま、まあ、そのうちな」

いまはそう言って時間を稼《かせ》ぐしかない。

それに、なんだかんだ琴美がハマるアニメは楽しいし、交換会は桃井とふたりきりじゃない。琴美がいればなんとかなるか。

三〇階に着き、エレベーターを出る。桃井に先導される形でフロアを進み、

「ここよ」

立ち止まり、桃井がドアを開ける。

使わないクツはシューズボックスに仕舞っているのだろう。玄関にはローファーが一足あるだけで、かなり広く感じられた。

板敷きの廊下には光沢があり、汗《あせ》が染《し》み込んだ靴下で歩くのはためらわれる。

「はいこれ」

そんな俺の気持ちを察してか、桃井がスリッパを出してくれた。ありがたく履《は》かせてもらい、部屋へ通される。

連れてこられたのは、リビングダイニングルームだった。俺と琴美の部屋がすっぽり収まりそうな広さだ。明るい光が差し込む窓の向こうにはバルコニーがあり、その先には見晴らしのいい景色が広がっていた。

桃井がエアコンをつける隣で、琴美が目を輝かせる。

「テレビでかっ！　スピーカーすごっ！　ソファ大きい！　ベッドみたいっ！　あっ、しかも

クッションが全部ミクちゃんだー！　いっぱいある！　すごいすごいっ！」

琴美のはしゃぎっぷりがすごい。はじめての友達の家に大興奮《こうふん》だ。

気持ちはわかるけども。俺も高瀬の部屋に入ったときはテンション上がったし。

「マジでテレビでかいな。普段ここでアニメ見てるのか？」

「寝室にもあるけど、基本的にはここで見てるわ」

「家族と一緒に見てるってこと？」

「ううん。ママはいないし、パパは滅多《めった》に帰ってこないから、ひとりで見てるわ」

「……あ」

琴美の顔から、ふっと笑みが消失した。

桃井の母親は、彼女が一二歳の頃に病気で亡くなったと聞いている。それまではイギリスに住んでいたが、そこにいると母親のことを思い出してしまうため、父親の故郷の日本に越してきたのだとか。

桃井はもう受け入れていると語っていたが、家族の話をするときの彼女は、寂《さび》しそうな顔をしていた。

「私は毎日空《あ》いてるから、アニメ見るときはいつでも誘ってね！」

だから琴美に誘われたのが嬉しかったのだろう。デリケートな話をさせてしまい謝られると思っていたのか、桃井は一瞬きょとんとしたが、すぐに明るい笑みを浮かべた。

「夏休みに泊まりに来てっ。一緒に徹夜でアニメ見ましょ！」

「見たい見たい！　泊まる泊まる！」

友達とはいえさすがに男を泊めるつもりはないのか、桃井は俺にはなにも言わなかった。

嬉しげにはしゃいでいた琴美は、きょろきょろと辺りを見まわす。

「トイレなら玄関から見て左のドアよ」

「ううん。グッズはないのかなーって」

「それなら寝室にあるわ。コレクション見たい？」

「見たい！」

「俺はここで待ってたほうがいいか？」

返事はわかっているが、一応たずねてみる。すると案の定、桃井は首を横に振った。

「気にしないで。見られて困るものは置いてないから」

だったら遠慮なく入らせてもらおう。

桃井の寝室はリビングから直通になっているようで、ドアの向こうには一二畳ほどの洋室が広がっていた。

「すご……」

部屋に入るなり、琴美がぽかんと口を開ける。

壁一面に全面ガラス張りのフィギュア棚が設置された、インパクト抜群《ばつぐん》の空間だった。

アクリルスタンドで構成された棚に、音楽系のフィギュアが並ぶ棚。制服美女が並ぶ棚に、水着美女が並ぶ棚。バトル系も剣と銃と魔法で分けられているため統一感がある。

二度目のオフ会の際に写真を見せてもらったが、あれはコレクションの一部に過ぎなかったようだ。桃井のフィギュアコレクションは、オタクではない俺から見ても圧巻《あっかん》だった。

「すごいでしょー！」

「集めに集めたりって感じだな」

得意満面とはまさにこのこと。ずっと隠れオタとして過ごしてきたので友達を部屋に入れるのははじめてだろうし、コレクションを自慢できるのが嬉しいようだ。

「桃井さん、写真撮っていい？」

「ええ。なんだったら手に取ってもいいわよ」

「いいのっ？　やったー！　ありがと桃井さん！」

琴美は大はしゃぎだ。テンションとは裏腹《うらはら》に慎重な手つきでフィギュアを手に取り、様々な角度から眺《なが》める。

「陽斗くんは撮らないの？」

「これだけあるとどれから撮るか迷うんだよ。何体くらいあるんだ？」

「アクスタ込みで一〇〇は超えてるわね」

「すげーな……。一番のお気に入りとかあるのか？」

「難しいけど……強《し》いて選ぶなら織田信長《おだのぶなが》かしら。最初に手に入れたフィギュアなの」

「へえ、信長かっ」

意外と硬派なフィギュアも持ってるんだな。

「陽斗くんも信長好きなのっ?」

「好きだぜっ」

「じゃあ見せてあげるっ!」

俺は戦国三英傑《えいけつ》のなかでは織田信長が一番好きなのでフィギュアにも興味がある。教科書に載《の》っているあの肖像画をフィギュア化したのか、南蛮甲冑《なんばんかっちゅう》にマントを羽織《はお》った姿をフィギュア化したのか――

「じゃじゃーん!」

金髪ギャルの水着フィギュアが出てきた。

「どう? どう? すごいでしょ!」

「あ、ああ、すごいな……」

俺が知ってる信長と全然違う! なのに桃井はめっちゃいい笑顔だ。フィギュアを間違えているわけではなさそう。

金髪ギャルを見せられて戸惑《とまど》っていると、琴美がわっと声を上げた。

「すご! 信長だ! 完成度高っ!」

「でしょ!?　光沢のある金髪とか胸の丸みとか原作を忠実に再現しててすごいと思わない!?」

「思う思う！」

俺の知らない信長でふたりが盛り上がっている。なんだか平行世界に迷い込んだ気分だ。

パニックになりそうだったので一度フィギュア棚から離れると、マンガ棚が目についた。

「マンガはそんなにないんだな」

「ああ、場所取るから途中で電子書籍に切り替えたのよ。どうしても特典が欲しいマンガは、紙で買っちゃうけどね」

「へえ、そっか……お、ライター飾ってくれてるのか」

学習机にミオミオの金属ライターを発見する。ほかにもスマホスタンドに扇子《せんす》に推《お》しぬいが飾られ、椅子《いす》にはエプロンがかけられていた。こないだゲットしたシマウマのキーホルダーも置いてある。

特別感のある場所に飾られているのを見ると、大切にされてるようで嬉しい。

「ふたりとも素敵《すてき》なプレゼントをありがとね。誕生日にはちゃんとお返しするから」

「楽しみに待ってるっ」

「期待してるぜ」

俺たちの返事ににこりと笑い、

「あ、そうそう。プレゼントといえば、水着とサングラスをあげないとね」

思い出したように言うと、桃井はクローゼットの下から収納ケースを取り出した。パカッと開けると、一〇本以上のサングラスが収納されていた。

「いろんな種類があるんだな」

レンズの色も違えば形も違う。ただし高級感という点では共通している。これをもらう以上、しっかりナンパ避けとして働かないと。

「同じのばっかりだと飽《あ》きちゃうから。どれにする？」

「好きなの選んでいいのか？」

「いいわよ。選ぶのが難しいなら、あたしが決めてあげてもいいけどね」

「んじゃ、そうしてもらうか。なるべく俺に似合いそうなのを選んでくれ」

「はいはい。どんなのがいいとかあるの？」

「目が透けて見えないのがいい。あと、できれば変な形じゃないやつで」

「変な形のを買った覚えはないんだけど……スクエアタイプとか？」

「どれ？」

「これ」

「おー、いいな」

黒いレンズに長方形で、俺がイメージしていたサングラスそのものだ。試しにかけて姿見《すがたみ》で確かめると、目はちゃんと隠れている。これなら水着姿にキョドっても悟られまい。

「ほんとにもらっていいのか？」

「ええ、あげるわ」

「サンキュなっ。マジで大事にするから！」

どういたしまして、と桃井はほほ笑む。

「さて、次は水着ね。終わったら呼ぶから、あなたはリビングで待っててくれる？」

「りょーかい」

ふたりを寝室に残し、俺はリビングに出る。ソファに腰かけ、スマホをぽちぽちしていると、ドア越しに「入っていいわよー」と呼びかけられた。

ドアを開けると、琴美がビキニ姿になっていた。

色はブラウンで、肩紐《かたひも》が片方の肩にだけかかっている。まさか千切《ちぎ》れたわけじゃあるまいし、元々そういうデザインなのだろう。

「ど、どう？　変じゃない……？」

恥ずかしそうに目を伏せて、おどおどしながらたずねてくる。サングラスはかけてないが、さすがに妹の水着姿にキョドりはしない。

「普通に似合ってるぞ」

「ほんとっ？」

「ほんとほんと。それなら海に馴染《なじ》めそうだな。海水浴楽しめよ」

「うんっ。海が待ち遠しくなっちゃった！　桃井さん、ありがとう！」

「どういたしまして。いっぱい楽しみましょうねっ」

「楽しむっ！」

うきうきしているふたりを部屋に残し、俺は再びリビングで待つ。ほどなくするとふたりが出てきた。

さてさて。ここを訪れた目的は済んだが……もらうだけもらって『はいさよなら』ってのも悪いか。

まだ一六時を過ぎたばかり。桃井が遊びたいなら付き合うが……。

「ところで、ふたりともお腹《なか》の調子はどう？」

「それなりに空《す》いてるぞ」

「お昼ご飯、あんまり食べなかったもんね」

桃井は心配そうに俺たちを見る。

「お腹の調子が悪いの？」

「じゃなくて、今日は寿司《すし》なんだよ」

「試験を頑張ったご褒美《ほうび》にねっ」

「そう。だったらお腹を空かせておかないとね」

桃井は残念そうに眉を下げる。きっと料理を振る舞いたかったのだろう。いろいろもらったわけだし、がっかりさせちゃだめだよな。

「腹減ってるって言ったら、チャーハン作ってくれるのか？」

「そのつもりだったけど……お腹はいいの？」

期待するような眼差《まなざ》しに、俺はうなずいてみせた。

「桃井のチャーハンは別腹だ」

「じゃあ作ってあげる！」

嬉しげに声を弾《はず》ませると、桃井は寝室へ向かい、エプロン姿で出てきた。高瀬がプレゼントした、ポケットから犬が顔を出したエプロンだ。

「パパッと作るからアニメでも見てて」

「ならドリステ見ようぜ」

知らないアニメの話題になれば不安で胃がキリキリするし。

「だったらライブシーンがいい！　家とはぜったい音が違うよっ！」

それでいいぞ、と告げると、琴美はさっそくテレビをつけた。うちと同じ配信サイトと契約しているようで、慣れた様子でリモコンを操作してドリステのライブ回を選択する。

冒頭はコマ送りで進め、ライブシーンで視聴開始。

大きなスピーカーからダイナミックな音が流れ、自然と気分が盛り上がる。

「ライブ会場にいるみたいだねっ！」

「マジで迫力違うな」

「いつか三人でライブ行きたいわねっ」

「行きたい行きたい！　ペンライト振ってみたい！」

「物販《ぶっぱん》でいっぱいグッズ買って、帰りにカラオケ行ったら楽しそうじゃない？」

「それぜったい楽しいっ！」

ふたりとも大盛り上がりだ。ライブには興味あるし、行くとしても当該アニメを見ればいいだけだ。本当に行くならついていこう。

なんて考えていると、桃井が料理を始める。ややあって香ばしい匂いが漂ってきた。

前回食べたときは調味料の味がしなかったのに、ちゃんと醤油《しょうゆ》の匂いがする。日に日に成長してるって言ってたし、これは期待していいのかも。

「お待たせー」

ライブ回が終わる頃、桃井がチャーハンを運んできた。

「うわ、美味《おい》しそう！」

琴美が言った。気を遣っているわけじゃない。本当に美味しそうに見えるのだ。

以前食べたときはべちゃっとしていたが、米はパラついているように見える。具材も細かくカットされ、唯一《ゆいいつ》ぶつ切りのチャーシューが食欲をそそる。

「熱いうちに食べちゃって」

「そうする」

　スプーンを手に取り、いただきます、とチャーハンを頬張《ほおば》ってみる。

　塩こしょう醤油の味がしっかり染みつき、ほのかにごま油の風味がする。米はパラッと炒《いた》められ、一粒一粒に味がついているようだ。

「めっちゃ美味《うま》いなこれ」

「ほんと!?」

「ほんとだって。学食にあったら毎日食うレベルだぞ」

「そんなに気に入ってくれたんだ。……ふふ、嬉しい」

　幸せそうにはにかまれ、こっちまで頬が緩《ゆる》んでしまう。桃井が嬉しそうにしていると、俺のほうまで嬉しくなっちまうんだよな。

「あなたにはお礼を言わないとね」

「なんで俺に？」

「チャーハンが美味しく作れるようになったのは、あなたのおかげだもの」

「俺はなにもしてねえよ。桃井が頑張ったからだろ」

「ううん。あなたのおかげよ。だってモチベーションが全然違うもの」

　褒《ほ》められて伸びるタイプってことかね？　これだけ成長したのは桃井が頑張ったからだが、そう言われると否定する気にはならない。

「俺でよければまた褒めてやるよ。焼きそばとナポリタンも作れるようになったんだろ？」

「そうなのっ。また作ってあげるから、夏休みにでも遊びに来てちょうだい。ふたりとも歓迎するわ」

「うんっ！　ぜったい遊びに行く！」

「宿題もしないとだけどな」

「だったら三人で宿題しましょ。陽斗くんがいればすぐに終わるわっ。そしたら夏休みは遊び放題よっ」

「さんせー！」

自分の宿題は自力でやってほしいものだが、桃井が一緒なら楽しめそうだ。そのときは付き合ってやるよ、と告げると、ふたりは嬉しげにハイタッチを交わすのだった。

第五幕　妹とネトゲ嫁と海で遊んだ

七月一七日。

恋岸駅《こいぎし》で合流した俺たちは一時間半ほど電車に揺られ、午前一一時を過ぎる頃、愛ヶ浜駅《あいがはま》に到着した。

賑《にぎ》やかな駅を出た途端《とたん》、眩《まぶ》しい日差しに出迎えられた。サングラスをかけると眩しさが薄れ、心なしか涼《すず》しくなった気さえする。

「エージェントみてーだな」

「黒スーツが似合いそうだわ」

寿《ことぶき》と青樹《あおき》がおかしそうに言った。ふたりは知り合いだから笑う余裕があるが、知らない奴《やつ》が俺を見れば警戒《けいかい》するはず。これならナンパも寄ってこず、海水浴を満喫《まんきつ》できるだろう。

ところで、と寿の肩に視線を向ける。各々《おのおの》バッグを持っているが、寿だけはほかにクーラーボックスを所持《しょじ》していた。見るからに重そうだ。

「それ持ってやろうか？」

「けっこう重いぜ？」

「だから言ってんだよ。寿のことだし、俺らの飲み物も入ってるんだろ？」

寿がにやついた。

「そのサングラス、透視できるのか？　やだ藤咲《ふじさき》のえっち」

「茶化すなら持ってやらんぞ」

「嘘嘘《うそ》！　ジョークだジョーク！　持ってくれるなら助かるぜ！」

クーラーボックスを受け取ると、思っていた以上にずっしりしていた。

寿は気持ちよさそうに腕をぐるぐる回しながら、

「いやー、快適快適。やっぱ男子がいると頼もしいぜっ。キツくなったら遠慮なく言えよな」

「これくらい余裕だっての」

身長一八〇センチ近いとはいえ、寿も女子だ。重い荷物を持たせるのは忍びない。

そうしてショルダーベルトを肩にかけていると、桃井たちのはしゃぎ声が聞こえてきた。

「見て琴美《ことみ》さん、アニメのまんま！」

「海姫《みき》ちゃんの世界に来たみたい！」

「再現度高いねー！」

愛ケ浜駅を見上げ、高瀬《たかせ》も一緒に盛り上がっている。さらに寿と青樹が「おー、ほんとだ」

「本当にアニメの舞台なのね」と加わった。

愛ヶ浜へ行くと伝えた際、聖地巡礼についても話したのだろう。強要はされてないだろうに、ふたりと一緒に盛り上がるために律儀《りちぎ》にアニメを見たようだ。

当然『海姫ちゃんは泳ぎたい』は俺も視聴済みだ。海が舞台なので水着シーン満載のお色気アニメだと思っていたが、海姫ちゃんはなかなか水着にならない。泳ぎたいけど家の手伝いや友達の頼みを引き受けて泳げないのだ。

最終話のラストでついに泳げたときはカタルシスがあったし、ストーリー的に山あり谷ありってわけじゃなかったが、家族の絆《きずな》や友情を丁寧《ていねい》に描いていたので最後まで飽《あ》きずに楽しめた。ラストシーンで気持ちよさそうに泳ぐ海姫ちゃんを見て、早く海に行きたいと思ったものだ。

「青樹さん、写真撮って写真！」

「あたしもあたしも！　駅が入るように撮ってちょうだいっ！」

「腕の見せ所ね」

良さげな構図を探して撮影する青樹。

ひとしきり駅前で盛り上がったところで、俺たちは海を目指して歩き出す。

ややあって歩道橋に上がると、防風林の向こうには海が見えた。ビーチは木々に隠れて見えないが、今日は晴れている上に祝日だ。さぞかし賑わっていることだろう。

歩道橋を下りて道なりに進むと、愛ヶ浜海水浴場の看板《かんばん》があった。さらに進むと、駐車場が広がっていた。

駐車場の向こうには砂浜があり、潮《しお》の匂《にお》いが漂ってきた。急に海に来た実感が湧《わ》き、自然と気分が高揚する。

早く遊びたいところだが、その前に着替えなければ！

案内板によると、あそこのプレハブ小屋が更衣室になっているようだ。駐車場を横切って、俺たちはそちらへ向かう。

「着替えたらそこに集合ね」

小屋の前に並ぶベンチを指さす桃井に「了解」と告げ、俺は女子グループと別れた。看板に従い、男子更衣室に入る。

じめじめとした更衣室は、ちびっこの声で賑わっていた。海パン姿になり、サンダルに履《は》き替えて更衣室を出ると、まだ誰も来ていなかった。

空《あ》いているベンチにカバンとクーラーボックスを置き、そっと手で触れてみる。直射日光は避けられているのでもしかしてと期待したが、ベンチはそこそこ熱かった。座れないほどじゃないが、座りたいほど疲れてない。立って待つか。

でこに上げていたサングラスをかけなおし、ベンチの前で腕を組み、女子が来るのを待つ。

するとほどなくして、見知った女子がひとり出てきた。

フリル付きのビキニに身を包んだ女子——青樹は俺を見るなり、小走りに駆け寄ってくる。

俺は人見知りしないほうだが、青樹だけなのはちょっと気まずい。会話が続きそうな話題を考えていると、青樹がとろんとした目で見上げてきた。

「早いのね」

「男子だからな」

「男子はみんな早いの？」

「女子よりは早いイメージだ。てか青樹だけ？」

青樹は親指で肩のうしろを指した。

「背後霊もいるわ」

「……背後霊？」

「どうやら滑ったようね」

「あ、ああ、冗談か」

まだ青樹のキャラが摑《つか》めてないんだ。わかりづらい冗談はよしてくれ。

「ちなみに鳴海《なるみ》にはウケたわ」

「高瀬はなんでも笑うだろ」

初対面の俺の顔を見て笑顔になった女子だぞ。

「てかなんで急に冗談を？　青樹ってそういうキャラなのか？」

「違うわ。藤咲を和《なご》ませよう作戦を決行しただけよ」

「なんだそりゃ？」

「周りが女子だらけだと落ち着けないだろうからって、桃が提案したの」

あー、桃井《ももい》か。俺も一緒に楽しんでくれって言ってたもんな。

しかし気を遣《つか》ってくれたことには感謝するが、訂正《ていせい》はさせてもらう。女子の水着にどぎまぎする男だと思われるのは嫌だ。

「気を遣ってくれたところ悪いが、俺は落ち着いてるぞ」

青樹が顔を覗《のぞ》き込んできた。

胸元が見えない水着だが、汗《あせ》ばんだ肌《はだ》に妙な艶《なま》めかしさを感じてしまい、不覚にもドキッとしてしまう。

「ドキドキしてるように見えるわ」

「勘違《かんちが》いだろ」

「目が泳いでそうね」

「べ、べつに泳いでねえしっ」

「本当かしら？」

「本当だっ」

「だったらそのまま私を見続けるといいわ。でないと藤咲、恥《は》ずかしい思いをすることになるもの」

「恥ずかしい思い？」

「いきなり全員で出ると刺激が強いから、あなたの緊張をほぐすために、ひとりずつ出ていくことになったの」

これも桃井の発案だろうか。ぶっちゃけ大助かりだ。いきなり水着姿の同級生に囲まれたら激しい興奮《こうふん》に見舞われ、鼻血が出ていたかもしれない。

「そか。全然緊張してないけどな。……で、ひとりずつ出てくると、どうして俺が恥ずかしい思いをすることになるんだ?」

「次は嵐《らん》が出てくるからよ」

「寿か……」

寿は服の上からでも巨乳だとわかる。水着姿をイメージしただけで心拍数が上がってしまう。いまのうちに心の準備をしておいたほうがよさそうだ。

「そして嵐は、藤咲をイジるのを楽しみにしているわ」

小学生かよ。

「せっかく荷物持ってやったのに……」

「嵐なりにあなたの緊張をほぐそうとしてるのよ。悪気はないわ。ただ、藤咲には、逆に嵐をからかってほしいの」

「からかうって?」

「外見を褒《ほ》めるといいわ。嵐の照《て》れ顔は珍《めずら》しいから、思い出に一枚欲しいの」

青樹はカメラを構え、口の端をつり上げる。

俺もにやりと笑ってみせた。

「いいぜ。手を組もう」

「いいひとね」

青樹と協力関係を結んだところで、新たな女子が近づいてくる。

「おーっす！」

寿だった。黄色いビキニ姿で、ただ歩いているだけなのにゆっさゆっさと胸が揺れ、思わず目が釘付《くぎづ》けになってしまう。

すると寿が目をにやつかせた。

「あれあれぇ？　藤咲ってばどこ見てるんですかぁ？」

くっそ。小学生みたいなイジりしやがって。

荷物持ちの恩を仇《あだ》で返す不届き者め、成敗《せいばい》してくれる！

「どこって、寿を見てるが？」

「え？　お、おう」

「てか寿、水着姿めっちゃ可愛《かわい》いな」

「は、はあ!?　きゅ、急になに言ってんだ？」

まさか褒められるとは思わなかったのか、寿はたじろいだ。俺が目元をビキニに向けると、恥ずかしそうに手で隠す。

「ど、どこ見てんだよっ」

「ああすまん、あまりに似合ってるもんでつい」

ちなみに興奮を避けるために、視線は上に逃がしている。首から下さえ見なければ問題なく

からかえる。

「そ、そんな似合ってねーだろ……」

「似合ってるって」

「ど、どうせ内心じゃ『メスゴリラ』とか思ってんじゃねーのか？」

「は？　そんなこと思うわけねえだろ。……昔、誰かに言われたのか？」

「小学生の頃、男子にな」

「そりゃ酷《ひど》いな……」

桃井や高瀬がそばにいるので目立たないが、寿も普通に可愛い。スタイルもいいし、接客をしているからか、自然な笑顔ができる奴だ。

俺は中学以降の寿しか知らないが、少なくともいまのこいつにゴリラっぽさはない。

「ゴリラ柄の服を着てたから、そんなあだ名がついたとか？」

「友達をバカにしてた男子をぶっ飛ばしたからだ」

「そか。お前っていい奴だな」

「お前もな。私の荷物を持つ男とか、いままでいなかったぞ。おかげで肩が軽いぜっ」

清々《すがすが》しい笑みを浮かべてそう言うと、寿は青樹をじっと見る。

「で、なんでさっきから私にカメラ向けてんだ？」

青樹がぎくりとした。目を逸《そ》らして「な、なんでもないわ」とうそぶくが、明らかに嘘だとわかる表情だ。

ポーカーフェイスが得意そうな印象だったが、実はそうでもないらしい。

「さてはお前、今度は藤咲に頼んで私の照れ顔を撮ろうとしたな？」

「前回は誰に頼んだんだ？」

「そ、それを言ったら認めているのと同じだわっ」

慌《あわ》てる青樹に、寿はあきれたようにため息を吐く。

「前回は鳴海だ。ったく、それで似合ってるとか言ったのか。おかしいと思ったぜ」

「照れさせようとはしたが、似合ってるのは事実だぞ」

「嘘つけよ」

「嘘じゃねえよ。普通に似合ってるから。だから昔言われたこととかあんま気にすんなよ？どうせそいつら、いまの寿を見たら手のひら返すだろうぜ」

「そ、そうかよ……」

寿は照れくさそうに顔を背《そむ》けた。お手本のような照れ顔なのに、青樹はカメラを構えない。

なにかに怯《おび》えるようにうつむいている。

「いまさらあいつらにどう思われようがどーでもいいが……ま、ありがとな」

「おう。……ところで俺をイジろうとした件について話があるんだが」

「そ、それはジュースでチャラにしようぜ？　な？」

「しょうがねえな。チャラにしてやる」

「サンキュなっ。……ま、葵《あおい》は炭酸の刑だけどな」

「炭酸の刑？」

「私はしゅわしゅわ系が苦手よ……口がパチパチして痛いもの」

なにに怯えているのかと思ったら、可愛らしい罰《ばつ》じゃねえか。

「安心しろ。私も鬼じゃねーんだ。一口飲んだら許してやる」

「……微炭酸かしら？」

「普通の炭酸だ」

「うう……頑張るわ」

がっくりとうなだれる青樹。

「お待たせー！」

と、そこへ明るい声が響いた。ぺたぺたとサンダルの音を鳴らしながら、高瀬が駆け寄ってくる。

うおおおおっ！　ギンガムチェックのビキニだ！　ついに高瀬の水着姿を拝《おが》めた！　太陽みたいな笑顔と相《あい》まってサングラス越しなのに眩しいぜっ！

「藤咲くん、けっこう待った？」

「さっき来たところだ」

視線を顔に固定したいところだが……どうしても視線が下がってしまう。谷間を見た瞬間にドキッとしたが、同時に罪悪感が湧いてきた。

水着姿を拝めたのは嬉《うれ》しいが、高瀬をそういう目で見てはいけない気がするのだ。おかげで興奮がさざ波のように引いていく。

「あれ？　葵ちゃん元気ないね。どうしたの？」

「かくかくしかじかで炭酸を飲むことになったわ」

「なるほど！　また嵐ちゃんにバレちゃったんだね！」

かくかくしかじかで伝わった。おそらく前回も同じ罰を食らったのだろう。三人が「しかも今回は普通の炭酸よ……」「しゅわしゅわだねぇ～」「次は強炭酸だからな」と話していると、琴美と桃井がやってきた。

琴美は先日のブラウンビキニ。桃井は黒い紐《ひも》ビキニだ。

ダークカラーが色白の肌を際立たせ、腹は引き締まりつつも柔らかそう。太ももはほどよくむちっとしていて、これでもかと存在感を主張する胸はいまにもこぼれてしまいそうだ。

……これはヤバい。破壊力が凄《すさ》まじい。すぐに目を逸らしたのに脳裏《のうり》に焼きつき、瞬《またた》く間に身体《からだ》が熱を帯びてきた。日陰《ひかげ》にいるのに直射日光を浴びているようだ。

興奮を冷ますべく、ずっしりとしたクーラーボックスのベルトを肩にかける。ベルトが肩に食い込み、じんじんと痛みが走り、次第《しだい》に興奮が薄れていく。

心が落ち着いてきたところで、首から下を見ないように気をつけつつ桃井に視線を戻すと、高瀬たちが「その水着可愛いねー」「桃井さんにもらったの」「どうりでセンスを感じるわけだぜ」「撮らせてもらうわね」と話すなか、恥ずかしそうに俺をチラ見していた。

さらけ出された俺の上半身にドキドキしているようだ。異性の水着姿を意識しているのが俺だけじゃないとわかり、多少なりとも気が楽になってきた。

「これで全員集合だねっ」

高瀬が声を弾《はず》ませると、桃井は肩をぴくっとさせた。

慌てて俺から目を逸らし、声を張り上げる。

「そ、そうね！　全員集合したことだし、さっそく行きましょ！　まずはパラソルのレンタルから！　ネットの情報によると、終日一〇〇〇円で借りられるそうよ！」

「シートもレンタルできるのか？」

「できるわ。浮き輪とかビーチボールもね」

「ビーチボールなら自前のがあるぜっ」

「さっすがバレー部！」

「ビーチバレー場もあるそうよ」

「おーっ、そうだったそうだった！　アニメでもやってたな！　私らもやろうぜっ！」

「やるのはいいが、まずは場所取りだな。レンタルの場所はわかるのか？」

「ええ、ちゃんと調べてきたわ」

「さすがしっかりしてるな。おつりとか面倒《めんどう》だし、パラソルは俺が借りるから」

「じゃあシートは私が借りるねっ！」

「んじゃ、残りのメンバーでバレー場をレンタルすっか」

「いいわよ。琴美さんもそれでいい？」

琴美が不安げな顔をしていたからか、桃井が気遣《きづか》うように声をかけた。せっかくの海なのに不安そうにしているのは、バレーをやることになったからだろう。

「う、うん。それでいいけど……私、運動音痴《おんち》だから、足引っ張っちゃうと思う……」

予想通りの理由に励《はげ》ましの言葉をかけようとしたところ、青樹が琴美の肩に手を置いた。

「心配いらないわ。私も運動は苦手だもの」

「で、でも私、体育の成績は2だよ？」

「私もよ」

「ほんとに!?　青樹さんも2なの!?」

「ええ。2より上を取ったことがないわ」

「仲間だっ！」

琴美はめっちゃ嬉しそうだ。

勉強といい、運動といい、似た者同士だな。青樹がいると頼もしいぜ。……ふたりの成績が心配ではあるが。こいつら留年しないよな？

ともあれ琴美の不安も晴れ、俺たちはパラソルとシートをレンタルするべく海の家へ向かう。

砂浜にサンダルの足跡をつけていると、寿が明るい声で言った。

「藤咲効果すげーな」

「効果？」

「去年はもうこの時点で三組からナンパされたんだよ」

「藤咲くんのおかげで、今日はいっぱい遊べそうだねっ」

笑顔が眩しいぜ！

高瀬に喜ばれて気を良くしつつ、海の家を訪れる。俺がパラソルを、高瀬がシートを借り、桃井に先導される形で砂浜を進んでいく。

「いま俺たち、アリエルのほうに向かってるのか？」

「方向的にはね。飲食店だから行くのは遊んでからにするわ」

「なあ真帆《まほ》、バレーしてるときって荷物はどうすんだ？」

「バレー場を管理してる海の家にロッカーがあるそうよ」

「てことはバレー場の近くにシートを敷く必要はねーんだな」

「ええ。だから……その辺にしましょっか？」

近くに家族連れがいる賑やかなスペースだ。そちらへ向かい、高瀬がシートを広げていく。シートの中央にはハトメ穴があり、そこにパラソルを突き立てる。倒れないよう深めに刺していると、女子たちがくつろぎ始めた。

寿がクーラーボックスからオレンジジュースを取り出し、紙コップに注ぐ。青樹だけは炭酸飲料だ。琴美に励まされながら、ぎゅっと目を瞑《つむ》ってちびちび飲んでいる。

パラソルを立て終えてシートに座ると、はいっ、と高瀬がコップを手渡してくれた。幸せな気分で喉《のど》を潤《うるお》していると、桃井がバッグからチューブ容器を取り出した。

日焼け止めクリームだ。桃井が塗り始めたのを皮切りに、高瀬たちも肌にクリームを塗っていく。

「……」

健全な光景ではあるが、ちょっと気まずい。かといってナンパ避《よ》けという役目がある以上、ここから離れるわけにもいかない。

「陽斗《はると》くん、日焼け止めは？」

「持ってきてない」

「忘れちゃったの？」

「じゃなくて、使ったことがない。日焼けとか気にしたことないし」

「ヒリヒリして痛いでしょ。貸してあげよっか？」

「いいよ。なんか高そうだし」

「気にしないで。ほら、こっちいらっしゃい」

「いいってば」

なんとか目を見て話せているが、気を抜くと視線が下に吸い寄せられる。このままだと胸の谷間を見てしまい、また興奮しかねない。

ここは琴美と話して心を落ち着けるとしよう。そうと決め、桃井に背中を向けたところ、

「えい」

ぺちん、と背中を叩《たた》かれた。

「な、なんだよ」

無視はできず、首だけ桃井に向ける。すると桃井は悪戯《いたずら》っ子のように笑い、

「これであなたの背中には手形が残ることになるわ。それが嫌なら日焼け止めを塗りなさい」

悪戯心が働いたのか、日焼けで肌がヒリつくのを心配してくれたのか――。桃井のことだし、俺を心配したんだろうな。

「わかったわかった。じゃ、背中に塗ってくれ」

「はいはい」

「手形もちゃんと消せよ?」

「わかってるわよ」

ぴた、と俺の背中に手を添えて、クリームを上下に広げていく。

「ちなみにこれって防水?」

「ええ。まずは海で遊びたい?」

「せっかく海に来たわけだしな」

「えーっ。先にバレーしようぜバレー!」

「私もバレーに一票っ!」

「海で遊べるなら順番はどうでもいいぞ」

「私はみんなに合わせるわ」

「私もみんながいるならなんでもいいよっ」

多数決でバレーに決まり、日焼け止めを塗り終えると、俺たちは荷物を手にシートをあとにしたのだった。

◆

桃井いわく、バレーコートは三日月型《みかづき》になったビーチの端にあるようだった。その道中には海の家『アリエル』があり、桃井と琴美ははしゃいでいたが、目的はビーチバレーである。

海姫の第五話がビーチバレー回だったので、これはこれで聖地巡礼でありオタ活と言える。

だからだろうか、ふたりともすぐさまアリエルへの誘惑を振り払い、歩みを再開してほどなくした頃、バレー場に到着した。

バレーコートは二面あった。

ちょうど昼飯時《ひるめし》だからか、両方とも空いている。

まずは寿たちに一時間分のレンタル代を払ってもらい、ロッカーにクーラーボックス以外の荷物を預けると、俺たちはコートに集合した。

「寿さん、ボール触ってみていい？」

「ん？　おう、いいぜ」

琴美は手渡されたバレーボールをぺたぺた触り、顔を曇《くも》らせていく。

「けっこう固いね……」

「怖いならビーチボールでもいいぜ。これくらいの風なら流されねーだろ」

それを聞き、琴美は安堵《あんど》したように強《こわ》ばっていた表情を緩《ゆる》めた。女子を怪我《けが》させたくはないので、俺も柔らかいボールにしてもらったほうが助かる。

さておき。

「ルールはどうする?」

バレーなら体育の授業で経験済みだが、俺にビーチバレーの知識はない。アニメでもビーチバレー回があったが、ルールは説明されなかった。

「点を取られたらサーブ交代で、同じひとが連続でサーブするのもボールに触るのも禁止で、サーブはコート内から打ってもいいってことで。あとは適当に楽しくやろーぜ」

覚えるルールが少なく済み、運動音痴の琴美と青樹は「よかったね」「よかったわ」とほほ笑み合っている。

寿がビーチボールを取りに海の家へ行き、パンパンに膨《ふく》らませたところで、桃井が切り出す。

「チーム分けはどうするの?」

やけに真剣な表情だった。チーム分けによって有利不利が大きく変わってくるので気持ちはわかる。

バレーを楽しむためにも、バランスのいいチーム編成にしなければ。

「とりあえず俺と寿は別々にしたほうがよくねえか?」

「だな。バランスを考えると私と藤咲兄、真帆と鳴海、葵と藤咲妹はバラバラになったほうが無難だろ」

「敵同士ということね……」

「だけど友情は不滅だから!」

琴美と青樹が握手を交わす。似た者同士、すっかり仲良しだ。こりゃ写真同好会に入会する日も近いかも。

「藤咲、こっち」

「おう」

寿に手招きされ、そちらへ向かう。高身長組、運動神経高い組、運動神経低い組に分かれ、グーとパーを出し合う。

俺はグーだ。高瀬と争うのは避けたいところだが、果たしてどうなるか……。

「全員終わったかー?」

寿が声をかけると、終わったー、終わったよー、と声が上がる。

「パーチームはこっちのコートな」

「グーチームは俺のところに集まってくれ」

拳《こぶし》を突き上げて呼びかけると、琴美と高瀬が駆け寄ってきた。

よっしゃ！　高瀬と同じチームだ！　これは絆が深まるぞ！

「頑張ろうねっ！」

「ハルにぃが一緒だと心強いっ！」

「ぜったい勝とうぜ！」

チーム内で盛り上がりつつ相手コートを見てみると、作戦会議しているようだった。

青樹はともかく、寿は強敵だ。去年の体育祭を思い返すに、桃井も油断はできない。球技の実力は不確かだが、足の速さは陸上部のエース級だ。どこへ飛ばそうとすぐにボールを拾われそうだ。

かといって青樹を集中的に狙《ねら》うのもかわいそうだし……拾いづらそうな場所にボールを打ち込むとするか。

「作戦どうしよっか？」

「俺が前衛《ぜんえい》するから、ふたりはうしろを守ってくれ」

「背の高さを活《い》かす作戦だねっ。頑張って守ろうねっ」

「うんっ。……だけど、なるべくうしろに飛んでこないようにしてね？」

「なるべくそうするが、失敗したからって落ち込むなよ？」

「私も藤咲くんもぜったいに怒らないからねっ。とにかく怪我なく楽しく遊ぼっ！」

「う、うんっ。私、バレー楽しむ！」

ただでさえ運動が苦手な琴美は団体競技が大嫌いだ。中学時代の球技大会ではミスにミスを重ねてしまい、みんなに合わせる顔がないからと学校に行きたがらなかった。

だが琴美の運動音痴についてはクラスメイトなら全員知っているし、わざと手を抜いているわけじゃないことは必死な顔を見ればわかる。

誰も怒ってないから気にせず学校に行くように告げ、実際に誰も責めたりはしなかったので、琴美は不登校にならずに済んだ。

運動嫌いは健在だが、これを機に苦手意識を克服してくれると嬉しいぜ。

「そっち済んだかー？」

作戦会議が終わったのか、寿がネット際から呼びかけてきた。三人でそちらへ向かい、寿にたずねる。

「何点マッチにする？」

「二五点だと疲れちまうだろーしな。とりあえず一五でいいんじゃね？」

「そうするか」

異論は出ず、俺と寿でサーブ権を賭《か》けてじゃんけんする。

負けてしまい、寿はビーチボールを持ってコートのうしろへ下がった。桃井はその斜《なな》め前、
青樹はネット際の中央に立つ。

「青樹が前衛？　手、届くのか？」

「届くように見えるかしら？」

「見えねえな。後衛《こうえい》のほうがいいんじゃね？」

「それだとボールがぶつかりそうで怖いわ」

「ビニールのボールだぞ？」

「怖いものは怖いのよ。ここだとネットで守られてるから安心だわ。あなたは優しいから、私

相手なら思いきりスパイクを打ってこないという狙いもあるわ」

「ぺらぺら作戦しゃべるなぁ」

「安心して試合に臨《のぞ》みたいもの。それとも……私にスパイクを打つつもりかしら？」

青樹は明らかに怯えている。前衛が寿なら遠慮なくスパイクを打ち込めるが……

「青樹を狙ったりしないから安心してバレーを楽しめ」

「やっぱりいいひとね」

青樹が安心したところで、寿が「いくぜー」とボールを上に投げてパンッと打ち込んできた。

ネットを高々と越え、バックゾーンへ飛んでいく。

「へいへーい！　へーい！」ボールをすくうようにアンダーハンドパスをする高瀬。

「わわわっ！　えいっ」足がもつれそうになりながらもオーバーハンドパスで繋《つな》ぐ琴美。

「うぉわっ！　っとぉ！」場外に飛んでいったボールを追いかけ手首に当てる俺。

「っしゃあ！」ボールが審判《しんぱん》台にぶつかり、ガッツポーズする寿。

「ご、ごめんハルにぃ」

コート内に戻ると、琴美が謝ってきた。

「いいって。むしろボールに追いつけてすごかったぜ」

「ちゃんと転《こ》けずにパスできたもんねっ」

「うん、パスできたっ。よーし、次は頑張るぞ……！」

怒られるどころか褒められ、やる気を滾《たぎ》らせる琴美。その一方で、転がっていったボールを青樹が拾い、桃井に投げ渡す。

「いくわよー！　そーれっ！」

アンダーサーブだ。放たれたボールは高々とネットを飛び越え、高瀬のほうへ飛んでいく。

「オーライオーライ！　はいっ、琴美ちゃーん！」

「わ、わ、わ！　はいっ！　ハルにぃ！」

「オーケーオーケー！　ほいっ！」

ぱちん！　と軽めに打ち込み、ボールが青樹の斜め後ろに飛ぶ。桃井がギリギリ追いつくが、手首に当たったボールは隣のコートへ飛んでいった。

「よっしゃ！　一点ゲット！」

「ナイス琴美ちゃん！　ナイス藤咲くん！」

「サンキュー高瀬！　琴美もナイス！」

「ありがと！」

琴美は満面の笑みだった。高瀬共々めっちゃ楽しそうにしている。この調子でどんどん点を取ってやるぜ！

青樹にネット下からボールを渡され、俺は高瀬たちと相談する。

「サーブどうする？　高瀬してみるか？」

「私でもいいけど、琴美ちゃんやってみない？」

「う、うん。やってみる！」

琴美も積極的になってきたな。自信をつけさせるためにも、ここは確実に点を取らないと。

そのためにもサーブを成功させてもらわなきゃならないが……。

「えいっ！」

琴美が下からボールを打ち上げる。相手コートに入ったが、落下地点には寿が待機していた。

ぽんっと桃井にパスすると、桃井はトスを上げる。少し後ろに下がっていた青樹は、頭上を見上げたままボールを追いかけ──

「へぶ!?」

ネットに顔をぶつけてしまった。桃井が血相《けっそう》を変えて駆け寄る。

「だ、だいじょうぶ葵ちゃん!?」

「へ、平気よ」

「敵ながらナイスガッツだぜ青樹！」

「葵ちゃーん、ナイスガッツー！」

「ナイスガッツ青樹さーん！」

敵チームから声援が送られ、青樹はなんだか嬉しそう。次は追いついてみせるわ、と小さく拳を握りしめて意気込んでいる。

　これで二対一だ。サーブ権はこちらが保有したままだが、高瀬のサーブはネットに遮《さえぎ》られてしまう。これで二対二だ。

　ドンマイドンマイ、と声をかけつつ相手コートにボールを送り、今度は青樹がサーブに失敗。三対二となったものの、寿が青樹とポジションを入れ替わり、三連続でスパイクを決められてしまった。

　三対五。これ以上引き離されるのはマズい。ふたりとも焦《あせ》るどころかバレーを楽しんでいる様子だが、俺としては勝利したい。そして高瀬とハイタッチを交わしたい！

「はいっ！」

　桃井がサーブを打ってきた。飛距離はそんなになさそうだ。これならスパイクを打ち返せる。

「オーライオーラ――ぃっ」

「わっ」

　どんっと背中に柔らかいものがぶつかった。

　咄嗟《とっさ》に振り返ると、高瀬が尻《しり》もちをついていた。

「す、すまん高瀬！　だいじょうぶか!?」

「あはは、へーきへーき！」

「ほ、ほんとか？　どっか痛めてないよな？」

「だいじょーぶだいじょーぶ！　自分、お肉いっぱい食べてますからっ！」

「それは関係あるのか……」

「ギャグ的な？　藤咲くんを和ませようと思って。ほんと平気だから心配しないで。それよりナイスガッツ、ハルにぃ！」

「ナイスガッツ、ハルにぃ！」

ふたりに笑みを向けられ、気持ちが楽になってきた。

高瀬が怪我せずに済んでなによりだ。好きな娘《こ》に怪我させるとか最悪もいいところだからな。手を抜くってわけじゃないけど、二度とぶつからないように勝ち負けは気にせず気楽にやるとしよう。

そうと決めつつ、ぽんっとボールを相手コートへ打つ。桃井が頭上を見上げたままキャッチしようとして、砂に足が取られたのか転んでしまった。

「いったーい！」

だいじょうぶかー、と声をかける前に桃井が叫んだ。その場に座り込み、足首を擦《さす》っている。ただ事ではなさそうだ。心配になり、試合を一時中断して俺たちは桃井の周りに集まる。

「ご、ごめん。足首を痛めちゃったみたい」

「真帆っち、挫《くじ》いちゃったの？」

「わ、わかんないけど……」

「すまん桃井。ボール転がして渡せばよかった……」

「う、ううん。気にしないで」

桃井は申し訳なさそうだ。あくまで自分の不注意が招いた事故――そう言いたいのだろうが、これは俺の責任だ。ボールを転がして渡せばこんなことにはならなかった。

「なあ、たしかアニメだと近くに病院があったよな？」

寿が思い出したように言った。

「そ、そうだよっ！　七話に出てた！　桃井さん、病院に行こ！」

「へ、平気よ。そんな大袈裟《おおげさ》にしなくても……む、むしろ、もう歩けるかも」

「だめだよ真帆っち、無理したら。病院に行かないにしても安静にしとかないと！」

「鳴海の言う通りよ。休むなら日陰のほうがいいわよね？」

「だな。パラソルに戻ろーぜ」

「で、でも、歩いたら悪化しちゃうかもだよ……？」

「だいじょうぶ。俺が担《かつ》ぐから」

恥ずかしさはあるが、これは俺が招いた事態だ。そうじゃなくても怪我した桃井を歩かせるわけにはいかない。

座り込んだ桃井の背中と膝裏《ひざうら》に腕を回して、お姫様だっこする。アニメやマンガだと軽々と抱えているが、リアルだとそうはいかない。名誉のためにも口にはしないが、桃井はけっこう重かった。これだけデカい胸をお持ちなら、重くて当然ではあるが。

「ご、ごめんね、陽斗くん？」

「気にすんな。ぜったい落としたりしないから気楽にしてろ」

「う、うん。ありがと……」

　クーラーボックスは寿に任せ、俺たちはコートをあとにした。腕をぷるぷるさせながらも、無事にパラソルにたどりつき、桃井をシートに座らせる。

「み、みんな、ごめんなさい……。あたしのせいでバレー中断しちゃって……」

「謝るなよ。誰も気にしてねえから」

「で、でも、せっかくの海水浴だし……あたしのことは気にせず遊んでほしいんだけど……」

　こっちは全然気にしてないが、桃井に責任を感じさせるのもかわいそうか。

「俺が見てるから、みんなは遊んでこいよ」

「陽斗くんは……遊びたくないの？」

　桃井が薄レンズ越しに見つめてきた。なにかを期待するような眼差《まなざ》しだ。そしてなにを期待しているかは明白だ。近くにいてほしいのだろう。じゃないとナンパされるから。

「遊びたくないわけじゃねえけど、桃井をひとりにはできねえだろ。ナンパ避けとして来てんだから」

残る女子も可愛いのでナンパされるかもだが、間違いなく男を一番引き寄せるのは桃井だ。高瀬たちには悪いけど、面倒だろうがナンパされたら断ってほしい。

「そういうことなら真帆っちのお世話は藤咲くんに任せちゃおう」

「だな。藤咲がいりゃ安心だし、私らはアリエルに行こうぜ」

「で、でもお昼時だから混《こ》んでると思うし、桃井さんを置いて食べには行けないよ」

「もちろん予約するだけよ。すぐに帰るわ」

「だいたい三〇分くらいかなー？」

「え？　アリエルまでそんなにかかんないよ？」

「こっちはこっちで疲れてっからな。のんびり歩きてーんだよ」

「それに預けた荷物も取りに行かなくちゃだもんねっ」

だとしても三〇分はかかりすぎだが、高瀬の言わんとしていることはわかる。三〇分くらい恋人としてそばにいてやれと言いたいのだろう。

俺たちは本当に付き合っているわけじゃないが、桃井は落ち込んでいる。気恥ずかしいけど、いまだけは恋人みたいに優しくしてやらないと。

「真帆っちをよろしくねー！」

高瀬たちが去っていき、俺とふたりきりになった途端、桃井はそわそわし始めた。

俺の隣で体育座りしたまま、足の指を曲げたり伸ばしたりしている。見るからに落ち着きを失ってるな。

「心配すんな。アリエルにならなら連れてってやるから」

いまさら俺とふたりきりの状況に緊張するわけがないし、友達と海の家に行きたかっただけだろう。

それで正解だったのか、桃井は期待するように見つめてきた。

「連れていくって、さっきみたいに……？」

「その足で歩かせるわけにはいかないだろ」

「で、でも……恥ずかしくないの？　あんなにじろじろ見られてたのに……」

「俺なら気にしないぞ。桃井を運ぶのに必死で視線を気にするどころじゃないからな」

「そう。あたしのために、そんなに必死になってくれてたんだ……」

こんなふうにはにかまれると照れくさくなっちまう。いつもなら『もっと軽かったら必死にならずに済んだけどな』と軽口を叩くところだが、弱っている桃井を前にすると、そんな気分にはなれなかった。

それに……

「必死になって当然だろ。俺のせいで怪我したんだから……」

「ち、違うわ！　あなたのせいじゃない！」

嬉しげな表情から一転、血相を変えて否定してきた。その優しさに、ふっと微笑がこぼれる。

「サンキュな。気が楽になったぜ」

「ほ、ほんとに気にしないでね？」

わかったよ、と言いつつも気にはするが、桃井を不安がらせないためにも態度には出さないほうがよさそうだ。

さておき、雰囲気《ふんいき》が暗くなってしまった。明るいムードを取り戻すためにも、アニメの話を振ってみるか。

「にしてもアリエル、マジでアニメのまんまだったな！　店主の声もアニメのまんまだったりしてなっ」

「だったらテンション上がるわね」

「アニメで海姫ちゃんが座った席に座りたいよなっ」

「あそこで記念撮影したいわね」

いつもなら盛り上がるのに、桃井は元気がない。コートでは『もう歩ける』と言っていたが、やせ我慢《がまん》していたのか、痛みが再発したのか、じわじわと顔色が悪くなっていく。

「なあ、ほんとに病院行かなくて平気か？」

「う、うん、平気。だから心配しないで」

「そうは見えないから心配してんだよ。せめて足を冷やそうぜ。クーラーボックスに保冷剤が入ってるから」

「だ、だいじょうぶだから……ほんと、気にしないで」

泣きそうな声でそう言うと、桃井はサングラスを足もとに置き、膝に顔を埋めてしまった。

気にするなとは言われたが……小さなうめき声を聞いていると、不安がかき立てられてしまう。

どうにかして元気づけたいが、無理に話しかければ疲れさせてしまうかもしれない。いまはそっとしておいたほうがいいのかも。

桃井が顔を上げたのは、五分ほど過ぎた頃だった。相変わらず暗い顔のまま、不安げな瞳《ひとみ》を向けてくる。

「あ、あのさ。陽斗くんに言わなくちゃいけないことがあるんだけど……あたしのこと嫌いにならないって、約束してくれる？」

「嫌われるようなことをしたのか？」

「……した」

顔色が悪いのは、それが原因なのだろうか。そう言われても、こちらには身に覚えがないのだが……。

「嫌わないから教えてくれ」

桃井は自信なさげにうなずき、口を開こうとしたところで、ビーチボールが転がってきた。

俺が拾おうとする前に桃井がボールを手に取り、子どものもとへ渡しに向かう。

「はい、どうぞ」

「ありがとうお姉ちゃん！」

「どういたしまして」

こちらを振り向いたとき、桃井は一層顔を曇らせていた。気まずそうに俺の隣に腰を下ろし、か細い声で言う。

「……見ての通りよ」

「見ての通りって……足が治ったってことか？」

いま見た状況からはそれくらいしか読み取れなかった。しかし桃井は首を振り、

「そうじゃなくて……最初から怪我なんてしてないの」

意味がわからなかった。

仮病なら琴美で慣れているが、それには『ゲームをしたい』だったり『運動会には行きたくない』だったり『テストが嫌』といった理由がある。

しかし桃井のそれには理由がない。少なくとも俺には思い当たる節《ふし》がない。大好きな友達とオタ活していた真っ最中だったのに、なぜ怪我したふりをしたのだろうか。

「ビーチバレー、つまらなかったのか？」

「楽しかった、けど……」

「……けど、なんだ？」

続きを促《うなが》すと、桃井は言いづらそうに顔を伏せ……それから、照れくさそうに俺を見てきた。

「ほんとのこと言うと、そっちのチームがよかったの」

「寿か青樹と喧嘩《けんか》でもしたのか？」

向こうは向こうで盛り上がっていたように見えたが……楽しい空気を壊さないように明るく振る舞っていただけなのか？

「ううん。嵐ちゃんとも葵ちゃんとも喧嘩なんてしたことないわ」

「だったらなんでこっちチームがいいんだよ。戦力差もなかっただろ」

むしろ桃井チームのほうが有利だった。

俺のほうが背は高いけど寿はバレー部のエースだし、お互いに運動神経はいいものの桃井のほうが高瀬より一〇センチは背が高い。それは三対五というスコアからも明らかだ。

「戦力の問題じゃなくて……」

桃井は気まずそうに口をもごもごさせた。俺と視線が交わると、思わずといった様子で目を伏せて、恥ずかしそうにぼそりと言った。

「あなたがいなくて、寂《さび》しかったから……。怪我すれば、鳴ちゃんみたいに構ってもらえると思って……」

最後まで言い終える前に、桃井は体育座りした膝に顔を伏せてしまった。

俺に構ってもらうため、足を怪我したふりをした——思い返せば、俺にもそういった経験はある。父さんと母さんが琴美にばかり構うので、気を引くためにわざと悪戯したことがある。

それは寂しさと嫉妬《しっと》から来る行動だったはず。当時の俺と同じなら、桃井も嫉妬したということだ。そして女子と仲良くする姿を見て嫉妬するなんて、理由はひとつしか思いつかない。

その理由に思い当たった瞬間、顔が熱くなるのを感じた。

「つ、つまり桃井は……俺のことが、好きなのか？」

「違うわ」

違うのかよ！　思わせぶりなこと言いやがって！　先走っちまったじゃねえかっ！　くっそ恥ずかしい！

「ただ、誰かと付き合うなら、陽斗くんがいいとは思ってるわ」

「それって俺がオタクだから？」

この数カ月でアニメやマンガやゲームの知識は増えてきたが、俺はべつにオタクじゃない。それに桃井の俺に対する好感度は、琴美がコツコツ築いたものだ。それで好意を持たれても嬉しくない。あるのは罪悪感だけだ。

「オタクだからじゃないわ。あたしはあなたの人間性を気に入ってるの」

「人間性？」

「あなたって優しいけど、言い返してくるじゃない？　パンツのことをズボンって言ったり、ゲームで容赦《ようしゃ》なかったり、あたしのサングラスコレクションを『変な形』呼ばわりしたり」

変な形って言ったの、根《ね》に持ってたのかよ……。

「悪かったな。変な形とか言って」

「べつに怒ってるわけじゃないわ。むしろ、あなたはそれでいいのよ」

「けどさ、女子的には言い返してくる男より、優しい男のほうがいいんじゃないか？」

「もちろん優しくされるのは嬉しいけど、嫌われないように遠慮されてるみたいで嫌なのよ。相手に遠慮されると、こっちも気を遣うじゃない？　それってすごく疲れるわ」

「俺と一緒なら疲れないってことか？」

こくりとうなずき、

「あなたとなら気楽に過ごせるし、ただ話してるだけで楽しいから。だからオタクかどうかは関係ないわ」

桃井は『漆黒夜叉《ダークネスダーク》』ではなく『藤咲陽斗』に好意を持ってくれている。俺の人間性を好きになってくれたらしい。

「陽斗くんは……あたしのこと好き？」

いまのが告白だったら返事に困るが、桃井は俺に惚《ほ》れてない。いまのうちに断言したほうが後々気まずくならずに済むだろう。

「人間的には好きだが、こっちも恋愛感情はないぞ」

元々『桃井には惚れない』と伝えていたからか、でしょうね、とすんなり受け入れてくれた。

それから探りを入れるように、

「ちなみにだけど……あたしにドキッとしたことは一度もないの？」

「……ない」

桃井が怪《あや》しむように目を細めた。

「いま妙な間があったわね。あ、もしかして水着にドキッとしちゃったの？」

「してない」

「だったら見てみなさい」

「はいはい。……はい見たぞ。見たけどドキッとしなかったぞ」

「サングラス外しなさいよ」

「な、なんでだよ！」

「見てなさそうだもの」

実際、俺は白目を剝《む》いている。サングラスを外せば誤魔化《ごまか》せないが、外さなければドキドキしたと認めているようなものだ。

わかったよ……と渋々《しぶしぶ》サングラスを外すと、桃井が立ち上がり、身体をこちらに向けて正座する。

目の前にぶら下がる豊満な胸を前に、心臓が爆音を奏《かな》で始めた。瞬《また》く間に身体が熱を帯び、顔が赤くなっていくのを感じる。

向こうは向こうで緊張しているようだ。呼吸が荒く、大きく息をするたびに胸が揺れている。

汗が谷間に流れるのを見て、ますますドキドキしてしまう。

「……触ってみたい？」

「な、なに言ってんだ⁉」

「触りたくないの？」

「触りたいとか触りたくないとかじゃなくてっ。付き合ってないのに触れるわけないだろ！」

「だったら付き合う？」

桃井は軽い口調で言ったが、冗談ではなさそうだ。熱っぽい目からは真剣さが感じ取れた。

「付き合うって、お互いに恋愛感情はないわけだろ？」

「だけどお互いに人間的には好きなわけでしょ？　だったら付き合ってもいいと思うわ。……それとも、好きな女子がいるのかしら？」

「べ、べつにどうでもいいだろっ」

「ああ、いるのね」

「そうは言ってないだろっ」

「否定せずに誤魔化そうとするってことは、いるってことよ。ていうか、そうじゃなければ、あたしに惚れないとかありえないでしょ」

「相変わらずの自信だな……」

「これだけモテれば自信もつくわよ。でさ、あなたが好きなのってうちの生徒？　葵ちゃん？

「井口《いぐち》さん？　宇野《うの》さん？　衛藤《えとう》さん？」

「五〇音順に攻めるのやめろっ」

「この慌てっぷり、うちの生徒と見て間違いなさそうね」

「お前って取り調べとか向いてそうだよな……」

誤魔化せば誤魔化すほど正解に近づかれてしまいそうだ。俺は諦《あきら》めの心地でため息を吐いた。

「悪かったな、好きな女子がいて」

「なにも悪くないわよ。健全でいいことじゃない」

にこやかにそう言うと、桃井はふっとまじめな顔をする。

「ねえ、たとえばの質問していい？」

「質問？」

「たとえば好きな女子とあたしが足を怪我したら、あなたはどっちに駆けつける？」

「困る質問するなよ……」

返事に詰まる俺に、桃井が口元を緩めた。

「あら、困るのね。普通、好きな女子に駆けつけない？　それともあたしに気を遣ったの？」

「そんなんじゃねえよ。そんなの『妻と子どもどっちを助ける？』って訊《き》いてるのと同じだろ。恋愛感情はなくても、お前が大事なことに変わりはねえんだよ」

けっきょく答えは出せなかったが、満足のいく返答だったようだ。上機嫌そうに頬《ほお》を緩め、もういいわ、と言ってきた。

俺の気を引くために怪我したふりまでしたが、かなり話したからか、大事だと伝えたからか、寂しさはすっかり消えたみたいだ。

琴美たちが戻ってくるまであと一五分といったところ。いまのうちに、あれをやっておこうかね。

「桃井に頼みがあるんだ」

「頼み？」

「ああ。琴美たちが帰ってくる前にやっておきたくてな」

「それって……」

桃井の頬にサッと朱《しゅ》が差した。

近くにひとがいないか確かめ、声を潜《ひそ》めてたずねてくる。

「……みんなの前じゃできないこと？」

「見られたら事情を説明しないといけないからな。ふたりだけの秘密にしたいんだ」

桃井の顔がますます赤らんでいく。むちっとした太ももをモジモジさせながら、上目遣《うわめづか》いに見つめてくる。

「……触りたいの？」

「触らせてくれ」

「……優しくしてくれる？」

「保証はできない」

「そ、そう。……まあ、いいけど。ここまで運んでもらったし、お礼はしなきゃって思ってたから……」

「じゃ、目を瞑ってくれ」

「ど、どうして？」

「見られたままだと触りづらいから」

「……わ、わかった」

桃井は顔を真っ赤に上気《じょうき》させ、ぎゅっと目を瞑る。

そんな彼女の額《ひたい》に狙いを定め――ぱちっ、とデコピンしてやった。

「ひゃ!?　な、なに？　え、どうしてデコピン!?」

びっくりしたように目を見開き、桃井が困惑《こんわく》顔を向けてくる。

「友達を心配させた罰だ。……痛かったか？」

「う、ううん。罰としては弱すぎるくらい……」

「胸を揉《も》まれると思ってめっちゃ緊張しただろうからな。それも罰のひとつだ。ていうかさ、これからもちゃんと桃井に構うから、あんまり嫉妬とかすんなよな。俺が誰と付き合うことになっても、桃井と遊びたいって気持ちに変わりはないから」

二度とこんな事態にならないように心を込めて告げると……桃井が甘えるように上目遣いで見つめてきた。

「だったら……これからも、オタ活に付き合ってくれる？」

「おうっ。休みはたっぷりあるからな。やりたいことに付き合ってやるぜ！」

そう笑いかけると、桃井はすべての悩みが晴れたみたいに満面の笑みを浮かべるのだった。

終幕　ネトゲ夫婦のチャットログ

【漆黒夜叉】終業式お疲れー！
【まほりん】夏休みバンザーイ！　これで遅刻の心配せずにアニメ楽しめるね！
【漆黒夜叉】だなっ！　今日は記念に夏っぽいアニメを見るぜ！　青恋《あおこい》とか、うみんちゅとか、サマースカイとか！
【まほりん】サマースカイ？
【漆黒夜叉】あれ？　まほりん知らない？
【まほりん】いつのアニメだっけ？
【漆黒夜叉】一〇年前のアニメ映画だ。自転車でレースするんだけど、爽《さわ》やかで見終わったら自転車漕《こ》ぎたくなるぞ
【まほりん】見てみたいけど、それはちょっと困るかも。私、自転車に乗れないからw
【漆黒夜叉】意外だな。まほりんって運動神経めっちゃいいだろ
【まほりん】自転車に乗る機会がなかったからね。練習したら乗れるようになると思うよ

【漆黒夜叉】そっか。最初はちょっと怖いけど意外と簡単だぞ。あの琴美《ことみ》ですら一週間で乗りこなせたからな！

【まほりん】練習ってどこでするの？

【漆黒夜叉】琴美は公園でしたぞ。休日は父さんがいたけど、平日はオレが付き合ったんだ
【まほりん】よかったら私の練習にも付き合ってくれない？

【漆黒夜叉】喉渇《のどかわ》いたからちょっと待ってて！

【まほりん】はーい
【漆黒夜叉】待たせたな！　まほりんなら一日で乗れるだろうから付き合うぞ！

【まほりん】ありがとっ！　でさ、せっかくだから、乗れるようになったら琴美さんと三人でサイクリングしない？

【漆黒夜叉】また喉渇いたからちょっと待ってて！

【まほりん】はーい
【漆黒夜叉】ただいま！　一日くらいならサイクリングも悪くないな！　ついでに訊《き》いてきたけど琴美も行くってさ！

【まほりん】楽しみねっ！　ところでアウトドアーズって知ってる？

【漆黒夜叉】もち！　キャンプマンガだろ？　実写向きだけどアニメ化もしてほしいよなっ。ぜったい飯《めし》テロアニメになるから深夜に見るのは怖いけどw

【まほりん】たしかにw　あれ見てるとさ、キャンプしたくならない？

【漆黒夜叉】なるなる！

【まほりん】じゃあキャンプしちゃおっか？

【漆黒夜叉】トイレ行くからちょっと待ってて！

【まほりん】はーい
【漆黒夜叉】悪い待たせた。キャンプって琴美も一緒だよな？

【まほりん】もちろん。部活があるから相談しないとだけど、できれば鳴《なる》ちゃんたちにも来てほしいかな
【漆黒夜叉】楽しそうだし行ってみようかな！

【まほりん】決まりねっ！　あとさ、アニソンライブとメイドカフェとマンガフェスタと痛車《いたしゃ》フェスティバルとコスプレ祭りにも行きたくない？

【漆黒夜叉】胸が躍《おど》るラインナップだな！　嬉《うれ》しい悲鳴を上げそうになっちまったぜ！

【まほりん】でしょ！　漆黒《しっこく》くんに喜んでもらおうと思って、いろいろ調べておいたの！

【漆黒夜叉】サンキュな！

【漆黒夜叉】あ、でもなー。めっちゃ楽しみなんだけど、さすがに予定詰め込みすぎっていうかさ、夏休みはたっぷりあるけど、勉強を疎《おろそ》かにするわけにもいかないんだよなー。もちろんまほりんとオタ活するのは楽しみだけど、楽しいと時間は一瞬で過ぎるしなー。後々慌《あわ》てずに

済むように、ちゃんと宿題を終わらせてからオタ活したほうがいいと思うんだ！
【まほりん】たしかに宿題を終わらせてからのほうが思いきり遊べそうね
【漆黒夜叉】まほりんならわかってくれると思ったぜ！
【まほりん】だったら七月中に終わらせないとね！
【漆黒夜叉】一週間で!?
【まほりん】ガチればいけるわ。大変だけど終わらせたらオタ活できると思えばやる気も出るでしょ！
【漆黒夜叉】やる気は出るけどオレはともかく琴美は一週間じゃ無理じゃないかなー。てか、まほりんだってさすがに一週間は厳しいんじゃないか？
【まほりん】漆黒くんが一緒なら問題ないわ。ほら、こないだ勉強会に付き合ってくれるって言ったでしょ？
【漆黒夜叉】あー、言った言った。じゃあ明日にでも勉強道具持って行くわ
【まほりん】お泊まりセットも忘れないようにね
【漆黒夜叉】なんでお泊まりセット!?
【まほりん】こないだ泊まりに来てって話したじゃない
【漆黒夜叉】泊まるのって琴美だけじゃなかったのか!?
【まほりん】漆黒くんを仲間外れにするわけないでしょっ！　それにこないだ『また大画面で

アニメ見たいなー』ってここで言ってたじゃない

【まほりん】おーい

【まほりん】漆黒くーん？

【漆黒夜叉】悪い悪い！　言ったかどうか確かめるためにチャットログ遡《さかのぼ》ってた！　無意識に打ち込んでたみたいだな！

【まほりん】無意識に打ち込んじゃうくらい大画面にハマったってことね

【漆黒夜叉】だな！

【まほりん】じゃあ明日から毎日勉強会して、その日の終わりに頑張ったご褒美《ほうび》としてアニメ見るってことでいい？

【漆黒夜叉】それでいいけどアニメはこっちの持ち込みにさせてくれ！　まほりんのオススメアニメを見るのも楽しそうではあるけど『なにを見るのかなー』ってわくわくして宿題に集中できなくなるし！

【まほりん】構わないわよ。頑張って宿題終わらせて、オタ活を楽しみましょうねっ！

【漆黒夜叉】楽しむ！

【まほりん】漆黒くんもやりたいことあったらどんどん言ってくれていいわよっ！　全部付き合うから！

【漆黒夜叉】今年の夏は忙しくなりそうだぜ！

あとがき

おひさしぶりです、猫又《ねこまた》ぬこです。

この度は『オタク知識ゼロの俺が、なぜか男嫌いなギャルとオタ活を楽しむことになったんだが』の第二巻を手に取っていただき、まことにありがとうございます。

一巻で桃井《ももい》と仲良くなった藤咲《ふじさき》兄妹。二巻ではさらに友達が増え、一巻以上に明るい物語になったかなと思います。

本作を読んでくださった読者の皆様に少しでも明るく楽しい気持ちになっていただけたなら幸いです。

それでは謝辞《しゃじ》を。

本作の出版にあたっては、多くの方々に力を貸していただきました。

担当様をはじめとするダッシュエックス文庫編集部の皆様。

ご多忙のなか素晴らしいイラストを手がけてくださった千種《ちぐさ》みのり先生。
校正様にデザイナー様、本作に関《かか》わったすべての関係者の方々。
そしてなにより本作を手に取ってくださった読者の皆様に最上級の感謝を。皆様に少しでもお楽しみいただけたなら、これ以上の幸せはありません。

それでは、またどこかでお会いできることを祈りつつ。

二〇二三年そこそこ涼しい日　猫又ぬこ

この作品の感想をお寄せください。

あて先　〒101-8050　東京都千代田区一ツ橋2-5-10
集英社　ダッシュエックス文庫編集部　気付
猫又ぬこ先生　千種みのり先生

ダッシュエックス文庫

オタク知識ゼロの俺が、なぜか男嫌いなギャルとオタ活を楽しむことになったんだが2

猫又ぬこ

2023年10月30日　第1刷発行

★定価はカバーに表示してあります

発行者　瓶子吉久
発行所　株式会社　集英社
〒101−8050　東京都千代田区一ツ橋2−5−10
03(3230)6229(編集)
03(3230)6393(販売／書店専用) 03(3230)6080(読者係)
印刷所　大日本印刷株式会社
編集協力　法貴仁敬(RCE)

ISBN978-4-08-631527-2 C0193

幼馴染彼女のモラハラがひどいんで絶縁宣言してやった
～自分らしく生きることにしたら、なぜか隣の席の隠れ美少女から告白された～
斧名田マニマニ
イラスト／U35《うみこ》

【第1回集英社WEB小説大賞・銀賞】
パワハラ聖女の幼馴染みと絶縁したら、何もかもが上手くいくようになって最強の冒険者になった
～ついでに優しくて可愛い嫁もたくさん出来た～
くさもち
イラスト／マッパニナッタ

パワハラ聖女の幼馴染みと絶縁したら、何もかもが上手くいくようになって最強の冒険者になった2
～ついでに優しくて可愛い嫁もたくさん出来た～
くさもち
イラスト／マッパニナッタ

パワハラ聖女の幼馴染みと絶縁したら、何もかもが上手くいくようになって最強の冒険者になった3
～ついでに優しくて可愛い嫁もたくさん出来た～
くさもち
イラスト／マッパニナッタ

限界がきて幼馴染彼女に別れを告げたら良いことだらけ!? 自分らしさを取り戻し、隣の席の眼鏡女子ともいい雰囲気になって…？

幼馴染みの聖女と過ごす辛い毎日からハーレム天国に!? パーティを抜けた不安はどこへやら、神をも凌ぐ最強の英雄に成り上がる!!

最強の力を獲得し勇者パーティーとして冒険中のイグザ。砂漠地帯に出没する盗賊団の首領と対峙するが、その正体は斧の聖女で…？

人魚伝説の残る港町で情報を集めていると、今後仲間になる聖女が人魚と関わりがあると判明!! 期待に胸躍らせるイグザたちだが…。